国家出版基金项目
NATIONAL PUBLICATION FOUNDATION

宋元戲文本事

趙景深◎編

山西人民出版社
山西出版傳媒集團

圖書在版編目(CIP)數據

宋元戲文本事 / 趙景深編. —太原： 山西人民出版社，2015.3
(近代名家散佚學術著作叢刊 / 許嘉璐主編)
ISBN 978-7-203-08971-1

Ⅰ. ①宋… Ⅱ. ①趙… Ⅲ. ①古代戲曲－劇本－作品集－中國－宋元時期 Ⅳ. ①I237

中國版本圖書館CIP數據核字(2015)第037144號

宋元戲文本事

主　　編　許嘉璐
編　　者　趙景深
責任編輯　梁晉華
助理編輯　張　潔

出 版 者　山西出版傳媒集團·山西人民出版社
地　　址　太原市建設南路21號
郵　　編　030012
發行營銷　0351－4922220　4955996　4956039
　　　　　0351－4922127(傳真)　4956038(郵購)
E－mail　sxskcb@163.com　發行部
　　　　　sxskcb@126.com　總編室
網　　址　www.sxskcb.com

經 銷 者　山西出版傳媒集團·山西人民出版社
承 印 廠　山西出版傳媒集團·山西人民印刷有限責任公司

開　　本　700mm×970mm　1/16
印　　張　13.25
字　　數　70千字
印　　數　1—3000冊
版　　次　2015年3月　第1版
印　　次　2015年3月　第1次印刷
書　　號　ISBN 978-7-203-08971-1
定　　價　33.00圓

《近代名家散佚學術著作叢刊》編委會

出版説明

近代名家散佚學術著作叢刊選取一九四九年以後未再刊行之近代名家學術著作共一百二十册，編例如次：

一、本叢書遴選之著作在相關學術領域具有一定的代表性，在學術研究方向、方法上獨具特色。

二、爲避免重新排印時出錯，本叢書原本原貌影印出版。影印之底本皆經專家組審定，原書字體大小，排版格式均未做大的改變，原書之序言、附注皆予保留。

三、本叢書分爲八大類，以作者生卒年編次。

四、爲使叢書體例一致，本叢書前言後記均采用繁體字排版。

五、個别頁碼較少的版本，爲方便裝幀和閲讀，進行了合訂。

六、少數學術著作原書内容有個别破損之處，編者以不改變版本内容爲前提，部分進行修補，難以修復之處保留缺損原狀。

七、原版書中個别錯訛之處，皆照原樣影印，未做修改。

八、所選版本之抽印本頁碼標注，起始至所終頁碼均照原樣影印，未重新編排標注新頁碼。

由於叢書規模較大，不足之處，殷切期待方家指正。

總序／披沙瀝金，以爲鏡鑒

◇許嘉璐

多年來有一個問題始終在我腦中盤桓：爲什麽在十九世紀末到二十世紀初，在短短的幾十年裏，中國的各個學術領域竟涌現了那麽多大師級的人物？這是中國近代史上一個極爲重要的現象，我認爲，如果不能給出令人滿意的答案，我們撰寫的近代學術史將是不完整的，甚至是缺乏靈魂的。後來我知道，著名人類學家克羅伯曾提出過一個問題：爲什麽天才成群地來？看來這種現象的出現並非中國所獨有，思考其所以然的也大有人在。而在那一次世紀之交中國的情况，似乎應驗了「天才成群地來」這個令克氏久久不解的疑問。錢學森先生曾從相反的方向提出了相同的疑問：爲什麽我們這個時代出現不了杰出人才？後來人們稱這個問題爲「錢學森之謎」。

要回答這些疑問不是件容易的事。與其迅速地囫圇地探尋，不如先多了解那些讓中國近代學術（應該包括人文科學和自然科學）史上閃耀着光輝的大師們的作品和自述，從而在腦海里盡量「復原」他們所處的環境和在那種環境下的心理路徑，從中或許可以得到一些啓示。

有一點是顯然的，這就是他們雖然都已遠離塵世而去，但是他們獨立思考的品性、求知治學的真誠、困厄窮愁中對節操的堅守，恐怕是他們共同的主觀因素，一直影響到現在，而且將會永遠留存下去。

就思想界、學術界而言，二十世紀上半葉是一個新説和舊説碰撞，中學和西學融匯的大時代。那時的學人極爲重視言行操守，同時具備現代知識分子的理想信念；他們的學術研究十分純凈，絶少功利因素；他們的視界開闊，以包容的心態和嚴謹的風格造就了成果的大氣與厚重。至於在客觀因素一面，他們實際是在用工業化時代的事實解説着太史公所説的名山之作「大抵聖賢發憤之所爲作」，困厄苦難使得他們「皆意有所鬱結」。這種鬱結，幾乎和個人的名利毫無牽涉，他們永遠不能釋懷的，是民族的存亡、國運的興衰、民衆的福禍和文脈的續斷。

那個時代也是近代歷史上最大規模的中西古今學術調適、創新的時期，學術方法上的交互滲透和融合、創新亦可謂「於斯爲盛」。斯時之學人是要在封閉的屋墻上鑿出窗子的勇士，是使人能夠看看外部世界的第一批導夫先路者；或者可以説，他們是在「意有所鬱結」時「彷徨」和「吶喊」的「狂人」。

相對於那時的哲人們，後來者是幸運兒。現在的形勢是，近三十年來學界空前繁榮，衆多學科有了長足之進，其中很重要的一點是學界有了更新穎、更廣闊的國際視野，似乎接續上了百年前的學壇盛事。但細想想，「古」與「今」還是有差别的。其异，主要不在於世界情勢、學術進展、工具改善這些客觀存在，而在於在廣泛吸收各國優長的同時，自身文化的主體性越來越受到重視，換言之，「拿來主義」已經延長了「拿來」的程序，加上了試用、甄别、篩選、吸收、融合、成長。就我孤陋所見，在當今地球上，面向所有異質文明，努力汲取我之所缺，其範圍之大和心態之切，似乎無出中國之右者。從這個角度説，我們已經超越了前輩。但是事情還有另外一面，學術，特别是人文學科，其職業化、「沙龍化」和功利性，以及隨之而來的浮躁病却嚴重了。從這個角度説，是不是我們已經後退得夠可以的了？而這是不是我們這個時代出不了大師的原因之一呢？

民國學術界的特點之一是極爲注重對傳統的反省、批判與繼承。他們對傳統文化盡最大的努力進行整理和研究。一方面，由於戰亂頻仍，民不聊生，學者們擔起了讓中華文化薪火相傳的歷史責任；另一方面，他們要通過對中國傳統文化的整理、挖掘來重振民族自信心。這一時期對傳統文化進行整理的全面而深入是前所未有的，舉凡文字學、語言學、經濟學、法學、哲學、政治制度、書法繪畫、金石學……規模之宏大，研究之精微，令人嘆爲觀止。

民國學術推動了現代學科體系的建立。在對傳統文化整理和研究的基礎上，吸收西方的文化思想和理念，推動和建立了中國現代學科體系。例如，在對語言文字和音韻學成果進行整理、研究的基礎上開始着手規範之，建立了國語學；深入研究書法、國畫，將其融入了現代美術學科；在廢除舊有學制後逐步建立起小、中、大學較完整的科目和學科體系。

民國學術也改變了傳統學術方式，建立了新的研究範式。以現代科學考古爲發端，科研的實踐和成果使中國知識界真正認識到在實驗、比較基礎上的邏輯分析對學術研究的重要，推進了中國學術的一大演變。至於我們常説的打破士大夫傳統、走出書齋到田野鄉村和市民中進行調查研究、結束了經學時代、以歷史眼光檢視儒學和諸子等等，都是確立新學術範式的努力。這一轉變，也標誌着中國學術界脱胎換骨，全面進入了現代，爲此後的學術發展奠定了堅實的基礎。當然，西方啓蒙運動以來，在「現代性」和「現代化」裏潛伏着的缺陷和謬誤也傳到了中國，這些不能不在前哲的著作裏留下痕迹。這並不奇怪。類似的情況，古往今來孰能免之？猶如今天的我們，誰敢自稱我之所見就是永恒的真理？在這個問題上兩個時代所異者，或許就在昔時大家創立新説或譯註西學著作，往往是懷着對學術和前哲的敬畏而爲之，故而常常誤不在我；當今則往往出於對學問和他人的輕蔑，或以所研究的對象爲謀己的工具，因而難辭主觀之咎吧。翻閲他們的心血之作，這些復雜的狀況可以顯見，可以視之爲我們的一面鏡子。

滄海桑田，世事變幻，歷史的動盪和時代的遮蔽，使當年許多大師的一些極有價值的學術著作被棄於故紙堆中，不能不令人有遺珠之憾。爲此，山西人民出版社不惜以數年之艱辛，披沙瀝金，編輯出版這套近代名家散佚學術著作叢刊，凡一百二十册，計文學、史學、政治與法律、美學與文藝理論、民族風俗、宗教與哲學、經濟、語言文獻共八大類別。所選皆爲作者之純學術著作，無論是其見解、精神，抑或是其時代烙印，都是後輩學人可資借鑒的寶貴財富。他們出版這套叢書，意在讓世人不忘來程，知筆路藍縷之不易，爲民族文化的傳承再增薪木。

出版社的初衷，與我近年來所思所慮近似，故願略述淺見於書端，以與策劃者、編輯者和讀者共勉。

二〇一四年七月六日

改定於自安東回京途中

前言／

猛回頭，那支支紅燭

——二十三種民國文學研究著作概覽

◇梁歸智

「視爾夢夢，天胡此醉？於時處處，人亦有言！」

此聯乃北京宣南（宣武門外舊城區）北半截胡同四十一號中「莽蒼蒼齋」楹聯。齋主何人乎？即戊戌變法失敗而捐軀之「六君子」中翹楚譚嗣同字復生號壯飛者也。慈禧太后發動政變，逮捕維新黨人，友人勸譚嗣同逃避，他堅辭曰：「外國變法未有不流血者，中國變法流血請自嗣同始。」乃於一八九八年九月二十四日被捕，繼而遇害於菜市口。臨刑前仍大呼曰：「有心殺賊，無力回天；死得其所，快哉！快哉！」

自此而後，果然爲變法——改變社會制度而流血不止，一九一一年十月十日辛亥革命成功，中國歷史上最後一個封建王朝被推翻，一九一二年一月一日中華民國成立。然餘波未息，新瀾迭起，袁世凱竊國，張勛復辟，北洋軍閥混戰，國民黨軍北伐，中國共産黨成立，國共争鋒，時而合作，時而破裂，日本入侵，八年抗戰，勝利後繼以三年内戰，終於以一九四九年十月一日建立中華人民共和國而告一大段落。

從一九一二年一月一日到一九四九年十月一日，凡三十八年，此即「民國」時段也。

三十八年過去，彈指一揮間。戰焰紛飛，生靈涂炭，歷史真是「相斫書」！而文明的燭火，點點簇簇，飄曳閃爍於如磐夜氣之中，雖遭暴風，遇疾雨，而終不熄不滅。其中最具象徵性的事件，乃一八九七年二月二十一日在上海成立之商務印書館，於一九三二年一月二十九日遭日本侵略軍針對性轟炸，占全國出版量百分之五十二的出版巨頭損失一千六百三十萬元，百分之八十以上資産被毀，其所屬東方圖書館同時被炸，四十五萬册圖書化作劫灰，其中有無數古籍善本、孤本！日軍侵滬司令鹽澤幸一狂吠：「炸毀閘北幾條街，一年半就可恢復，只有把商務印書館、東方圖書館這個中國最重要的文化機關焚毀了，牠則永遠不能恢復。」而劫難後的商務印書館，懸掛出「爲國難而犧牲，爲文化而奮鬥！」的巨幅標語，經半年即宣告復業，實現了「日出一書」的奇迹。

由於歷史演變的吊詭，民國時期的出版物，在一九四九年以後的中國大陸，大多數遭遇了被遺忘的命運，沉埋於少數圖書館的塵封角落。斗轉星移，時來運轉，二十一世紀進入了第二個十年，山西人民出版社推出這套叢書，遴選民國出版的若干學術精品，分學科編纂，蔚爲盛事大觀。此分卷是對中國文學（主要是古典文學）的研究，共二十三種。下面對這二十三種書籍作一個概覽性的介紹。

先看這些書的作者。生年不明者毋論外，出生最早的當屬韓柳文研究法的撰者林紓，他誕生於一八五二年（清文宗咸豐二年），卒於一九二四年（民國十三年——一九一二年爲中華民國元年）。出生最晚的是陶淵明批評的作者蕭望卿，誕生於一九一七年（民國六年）。這二十位作者中，一些是後來成爲大家的著名人物，林紓之外，有大學者徐珂、章太炎、陳寅恪、呂思勉、陸侃如、周貽白、趙景深，著名作家蕭乾等。此外的作者，則屬於有一定學術建樹或僅留下少量著述的文化人。

從作品看，這二十三種著作有某一種文學或某個人作品的分論，如詩經之女性的研究、曹子建詩的研究，也有某一長時段的文學史或文藝理論性質的概説，如清代詞學概論、中國戲劇小史。其中陸侃如三種，趙景深兩種；而陳寅恪和蕭望卿的兩種著作研究對象相同而又篇幅短小，合爲一册；陸侃如有兩種合爲一册。故，這裏一共有二十位作者的二十三種著述，却是二十一册文本。

分册介紹述評，是按照著作内容所關涉之中國文學史發展綫索的先後爲序？還是以研究者的情况或者書册的寫作出版先後爲序？却是一個頗讓人躊躇的問題。因爲近四十年的民國，正是中國社會從傳統向近現代激烈轉型的時段，不僅作者的思想認識，書册的觀點立場，而且連書寫的語言文風，都存在鮮明的古今遞嬗演變的痕迹。經考量，决定采取折衷的立場，即基本上按照文學史發展的脈絡綫索，先概説性著作，後專題性研究，同時顧及其他因素，將徐珂、林紓、章太炎的三種以文言文表述的著述放在最後予以推介月旦，也算是對横跨清王朝與民國兩代之文化先驅者的致敬。

中國文學小史，作者趙景深，生於一九〇二年，卒於一九八五年，主要以元雜劇、宋元南戲和古典小説的輯佚考證而名世，代表性著作爲曲論初探、宋元戲曲本事、宋元南戲考略、中國小説叢考等。這本中國文學小史是他二十多歲時的作品，上海的大光書局出版，後再版重印，達二十次之多。他於一九三六年寫「十九版序」，這樣説道：「十年前，我跟隨着新文學浪漫運動的巨潮向前推動，當時我充滿了熱情和詩趣，喜歡説一點帶有情感的話，喜歡像做詩一樣的寫文章。……也許讀者們這樣的愛讀這本小書，使牠達到十九版，清華大學入學考試且曾指定此書爲唯一的參考書，大約都是爲了牠使人讀起來不至於十分頭痛吧？」

以西方的學科意識而撰述「中國文學史」，二十世紀以始，共有數百本。第一本中國文學史爲何人所寫？或曰英國人，或曰日本人，或曰俄國人。中國人自己最早撰寫的中國文學史，一般認爲乃林傳甲一九〇四年撰中國文學史，黄人（黄摩西）亦於同年撰同名之書。林著是在當年之京師大學堂即後來之北京大學撰成，黄著是在當年之東吴大學即後來之蘇州大學撰成，歷史演變的軌迹斑斑俱在。趙景深的這本「小史」，名副其實，牠篇幅很小，如作者自表，「我只是寫一本中國文學的常識；或者，我是在説一個故事」。其特色不在學術含量的全備高深，而在簡略概約，蜻蜓點水，却時見談言微中；同時文風清麗活潑，很適於普及。

中國文學小史凡三十五節，第一節「緒論」，第二節「詩經」，第三節「屈原宋玉」，第三十四節「清代的詩文」，第三十五節「最近的中國文學」。從詩經、楚辭始，司馬相如和司馬遷，曹氏父子，陶淵明與謝靈運，唐詩，宋詞，元曲，明清的小說、傳奇和詩文，面面俱到，而最後一節，更有聞一多、汪静之等的詩歌，郁達夫、魯迅等的小說，田漢、丁西林等的戲劇，周作人、朱自清等的散文等。

比起今日的文學史經典著作，此書自然不可能在材料的全備準確和學理的系統精深方面爭勝，但其特色也頗堪注目，即那時還没有後來的一些教條框架，因而一些説法能讓人眼前一亮，細想也頗堪玩味。如論到李白和杜甫的同異，這樣對比：

李白：南方化、仙品、出世、浪漫、受道家影響、才、情、樂自然；

杜甫：北方化、聖品、入世、寫實、本儒教見地、學、性、泣時事。

與後來的經典化定位大同小異，而更加言簡意賅，同時還有一些生動的表述，如這樣談論李白：「我們也曾想像到一個眸子炯然，腰束玉帶，身穿宫錦袍，在采石磯邊狂歌於船頭的詩人麽？這便是天才豪放的李白。」後面對李杜的「優劣」也一語到位：「李白是樂天的，杜甫是悲觀的。」「他們兩人作風如此不同，當然我們不能分出優劣來。」比起一九四九年以後幾部文學史的某些教條化論述，以及郭沫若的李白與杜甫之立場偏頗，民國時期學人的思想自由客觀公允躍然紙上。

詩經之女性的研究，謝晉青著。此書曾作爲商務印書館「國學小叢書」、「萬有文庫」而數次出版重印。謝氏生於一八九三年，卒於一九二三年，乃日本留學生、南社社員，另有譯著西洋倫理學史（原作者日本人三浦藤作）。詩經之女性的研究共十節，其實就是對十五國風裏的女性題材特別是愛情婚戀詩歌的思想與藝術分析評價。其「緒論」説：「我這次是想在詩經中，發掘古代婦女問題的，並不是做考據底工作，在意義方面，我們總以詩底本義爲歸宿；那些不可靠的誤解，我們一概不取。在藝術方面，我們總以普遍而真摯的平民主義爲歸宿，那些不自然的附會穿鑿，我們也一概排斥。」「結論」則總結説：「詩經底十五國風，原來存詩一百六十篇，其中經我認爲有關婦女問題的，共計八十五篇。這八十五（篇）詩，若再依性質來區別，那就是：最多的爲戀愛問題詩，其次即爲描寫女性美和女性生活之詩，再其次就是婚姻問題和失戀問題底作品了。爲什麽戀愛問題底作品，占最大的數目呢？這就因爲兩性問題，是在人類生活上，占最重要的地位底證據。」

此書的許多具體分析賞鑒相當細緻，頗能體現民國以來西方推崇女性張揚人性思潮對古典文學研究的影響，一九四九年以後中國文學史中的相關評述，傾向立場，實承其緒。

有關楚辭的著作，共選有兩種：陸侃如屈原與宋玉、何天行楚辭作於漢代考。

陸侃如，生於一九〇三年，卒於一九七八年，是二十世紀五六十年代中國著名古典文學專家，他與夫人馮沅君合著之中國詩史是開創性的著作。此外撰有樂府古辭考、陸侃如古典文學論文集、中國文學史簡編、中國古典文學簡史，及與高亨合著楚辭選，與牟世金合著文心雕龍選譯、劉勰論創作、劉勰與文心雕龍等。屈原與宋玉是在他的處女作屈原、宋玉基礎上整合而成，却也算得上這一研究領域初具規模的「集大成」之作。書共六節：一、引論；二、屈原的生平；三、屈原的作品；四、宋玉的生平；五、宋玉的作品；六、餘論。最後列「參考書目」，自王逸楚辭章句、洪興祖楚辭補注、朱熹楚辭集注以下凡四十種。可以說，後來關於楚辭研究的許多重要問題都已經有所體現或涉及，算得上是此領域近現代研究的一册早期代表性著作。

楚辭作於漢代考的作者何天行生於一九一三年，卒於一九八六年，對浙江遠古文化——良渚文化的發掘考證有重要貢獻，出版有杭縣良渚鎮之石器與黑陶，是著名的考古學著作。楚辭作於漢代考受當時顧頡剛疑古學派的影響，論證楚辭各篇皆作於漢代，離騷的作者是淮南王劉安。這種觀點是楚辭研究中的一家之言，後來朱東潤也持相近觀點。楚辭作於漢代考的寫作曾受到蔡元培的鼓勵，完成於抗日戰爭發生前夕，作爲一種歷史痕迹，於楚辭學的演變具有參考價值。

漢代詞賦之發達，商務印書館一九三五年出版，其作者金秬香，生平待考，他另有駢文概論一書，爲商務「萬有文庫」第一集中叢書，則金氏乃當時知名文化人無疑。漢代詞賦之發達共十章，對漢賦作了比較全面的考察研究，其第一章「辭字之解釋」辨析「辭」與「詞」字義語源的來龍去脈，認爲「楚辭漢賦」中「辭」應作「詞」，故全書行文，皆稱「詞賦」。其後各章，對「賦字之定義」、「詞賦之源流」、「詞賦之作用」、「詞賦之分析」、「漢代詞賦之所由盛」、「漢代詞賦之所由衰」、「漢代詞賦發達之原因」、「漢代詞賦之種類」、「漢代詞賦之變遷」分別討論，漢代重要詞賦作家作品多已涉及，全書行文爲淺近文言。由於詞句多古僻，深入研討漢賦者歷來不多，此書可視爲漢賦研究的早期圭臬。

陸侃如樂府古辭考，完成於一九二五年，商務印書館一九三〇年出版，堪稱是對漢樂府研究的開山之作。共八章，依次爲：一、引言；二、郊廟歌；三、燕郊歌；四、舞曲；五、鼓吹曲；六、横吹曲；七、相和歌；八、清商曲。序例有云：「樂府是中國文學史上很重要的材料。但是研究起來，較詩經楚辭爲難，因爲没有適當的參考書。……近來研究詩經楚辭的人很多，但很少有人研究樂府的。這本小册子的問世，便是希望能引起讀者對於樂府的興趣，大家來作湛深的研究，使樂府的真價值不致永久的湮没。」雖是「小册子」，而能於漢樂府爬梳史料，清理源流，辨析考鑒，確有開闢之功，後來的研究者，實受其惠。

此册還另有陸侃如的一篇論文左思練都考，北京大學出版部一九四八年出版，乃對西晉詩人左思撰寫三都賦構思十年的傳統説法提出异議，認爲「事實上三都賦的構思恐怕超過二十年」，引證古籍，分析辯駁，是一篇專門的考證文章。

原廣州師範學院院長陳一百，生於一九〇九年，卒於一九九三年，是一位教育家。其所著曹子建詩研究於一九四〇年由上海三通書局出版，一九七一年香港大地出版社再版。書分上下篇，上篇包括曹植傳略、曹子建集的傳本考略、曹植詩歌的情感、後世諸家對曹植的評論；下篇兩部分，分别是曹植詩選讀和曹植樂府選讀，文末附有清代學者丁晏的魏陳思王年譜。此書也算對曹植其人其詩的一種早期研究的痕迹，可供後來者借鑒參考。

陶淵明之思想與清談之關係、陶淵明批評二書篇幅不大，故合爲一册。前者爲陳寅恪的一篇論文，燕京大學哈佛燕京社一九四五年出版；後者爲蕭望卿著，開明書店一九四七年出版。陳寅恪生於一八九〇年，卒於一九六九年，是名震遐邇的文史大師，毋庸多介。蕭望卿生於一九一七年，卒於二〇〇六年，曾先後於西南聯大和清華大學深造，並與聞一多、朱自清、沈從文等大家交往密切，一九四九年後任教於河北師範學院中文系，述而不作，僅有此陶淵明批評傳世。

陶淵明之思想與清談之關係不愧名家名作，條理清明，言簡義豐，實爲後世研陶之先驅。文章首先追溯從漢末、魏到晉的「清談」之風，「然則當時諸人名教與自然主張之互異即是自身政治立場之不同，乃實際問題，非止玄想而已」。「略述淵明之前魏晉以來清談發展演變之歷程既竟，茲方論淵明之思想，蓋必如是，乃可認識其特殊之見解，與思想史上之地位也。」再討論陶淵明與佛教徒慧遠等頗有交往，而其思想不染佛風，乃因爲「蓋其平生保持陶氏世傳之天師道信仰，雖服膺儒術，而不歸命釋迦也」。同時，陶淵明「自以曾祖晉世宰輔，耻復屈身異代」，他的「自然」思想，「與當日實際政治有關，不僅是抽象玄理無疑也」。

最後論定陶淵明作爲思想家的崇高地位：「淵明之思想爲承襲魏晉清談演變之結果及依據其家世信仰道教之自然説而創改之新自然説。……不似舊自然説之養此有形之生命，或别學神仙，惟求融合精神於運化之中，即與大自然爲一體。……故淵明之爲人實外儒而内道，捨釋迦而宗天師者也。推其造詣所極，殆與千年後之道教採取禪宗學説以改進其教義者，頗有近似之處。然則就其舊義革新，『孤明先發』而論，實爲吾國中古時代之大思想家，豈僅文學品節居古今之第一流，爲世所共知者而已哉！」

陶淵明批評共三章：陶淵明歷史的影像、陶淵明四言詩歌論、陶淵明五言詩的藝術。這本書是文學史角度的陶淵明專論，與陳寅恪的思想論合而觀之，可謂陶淵明的「全影」，一九四九年後陶淵明研究的輪廓理路，其實皆在其籠罩之下。

此書前有朱自清的序，言短義豐，對陶淵明批評的價值貢獻，可謂已經説盡。陶淵明「詩最少，可是各家議論最紛紜。考證方面且不提，只説批評一面，歷代的意見也夠歧異夠有趣的。本書『歷史的影像』一章頗能扼要的指出這種演變。在這紛紜的議論之下，要自出心裁獨創一見是很難的。但這是一個重新估定價值的時代，對於一切傳統，我們要重新加以分析和綜合，用這時代的語言，重新表現出來。本書批評陶詩，用的正是現代的語言，一鱗一爪的，雖然不是全豹，表現着陶詩給予現代的我們的影像。這就與從前人不同了。」「本書二三章專論陶詩的作風和藝術，不厭其詳。從前人論陶詩，以爲『質直』『平淡』，就不從這方面鑽研進去。但『質直』『平淡』，也有個所以然，不該含胡了事。本書詳人所略，便是這方面的努力。」「陶淵明的創獲是在五言詩。本書説『到他手裏，才是更廣泛的將日常生活詩化』，又説他『用比較接近説話的語言』，是很得要領的。」「歷來評論者推崇他的五言詩，因而也推崇他的四言詩，那是有所蔽的偏見。本書論四言詩一章，大膽的打破了這個偏見，分別詳盡的評價各篇的詩。」

陶淵明之思想與清談之關係用文言行文，簡潔清雅；陶淵明批評則是生動活潑的白話文，没有一九四九年後的八股教條氣味。今天的人閱讀起來，也感到很親切的。

唐代文學史，陳子展著。陳氏生於一八九八年，卒於一九九〇年，一九三三年起一直任教於復旦大學，以詩經直解、楚辭直解名世。唐代文學史於一九四四年由作家書屋（姚蓬子在上海開的書店）出版，一九四七年重印，共八章，分別是：一、説到唐代文學；二、初唐詩人；三、盛唐詩人；四、中唐詩人；五、晚唐詩人；六、古文運動；七、唐人小説；八、晚唐五代詞人。對整個唐代文學，作了梳理概述，篇幅不長，內容全面，可以視爲後來中國文學史唐代文學部分的早期代表作。其中的説法，今天看來自然不新鮮，放在當年的時代背景下，則頗可稱道。如論李白與杜甫的優劣：

> 可見一個肯自命爲狂者，一個不諱言爲腐儒。一個抱超世主義，源於道家思想；一個抱淑世主義，源於儒家思想。一個幻想超昇仙境，一個不忍離開君國。總之，他們的作品都是他們自己生命純真的表白。
>
> 大抵李杜於詩的手法上，一個側重自然，一個側重雕飾。風格上一個豪放飄逸，一個沈（即「沉」）鬱頓挫。各有各的價值，各有各的生命。

商務印書館「國學小叢書」有顧彭年杜甫詩裏的非戰思想，一九二八年出版，一九三三年重印，據作者序言，書完稿於一九二五年。商務印書館「萬有文庫」中又有顧氏現代歐美市制大綱一書，一九三〇年出版。此外知道他從事過新體詩的翻譯與創作，其餘生卒年和生平等則概不清楚。杜甫詩裏的非戰思想共五章加一個附録：一、緒言；二、杜甫傳；三、杜甫的時代；四、杜甫以前及他同時代的反對戰爭的思想與作品；五、杜甫詩的非戰思想；附録：杜甫時代重要之戰爭與叛亂年表。

杜甫爲「詩聖」，杜詩乃「詩史」，歷來研究繁夥。此書以「非戰思想」爲中心主題，表現出明顯的時代印記。如作者自序中所云：「迨江浙戰爭發生後，作者對於戰爭的惡魔的面龐益認識清楚，這位大詩人的非戰作品，也就愈加湧現在我的腦際了，但因戰爭的驚擾，屢次遷徙，心如蝴蝶，如浮萍，飄蕩無定，不克專心於此，直到逼近年節，始把牠修改好，字數已比初稿增加了一倍以上。」今日之杜甫研究成果已經汗牛充棟，而此册小書，仍於讀者開卷有益，在於戰爭之兇惡痛苦，人類仍未能完全消弭避免。而此書感同身受的寫法，就不僅是一本研究著作的影響了。其緒言末段的感慨最能傳達不以時代變遷而更改的情愫：「我們所處的時代與杜甫的時代有不少的地方相類似；環境的艱險比他的有過之無不及；我們的兄弟，所流的血泪，所受的凌辱與壓迫與騷擾，比他的時代的人更甚；但當今能代表時代的作品有幾？能真切的表現自己所處的環境的佳制有幾？具有完整，聖潔，毅勇，偉大的人格而爲民衆呼吁的詩人安在？」

唐人詩中所見當時婦女生活，作家書屋一九四七年出版。作者劉開榮，一九三五年考入金陵女子文理學院中文系，一九四一年畢業，一九四三年完成此書。劉開榮後來又去燕京大學歷史系深造，在陳寅恪指導下完成唐代小説研究，一九四七年商務印書館出版，一九五〇年再版，一九五三年三版，臺灣亦曾三次重版。

唐人詩中所見當時婦女生活書前除作者自序外，尚有華西大學華西週刊主編陳國樺序、陳中凡序及華西大學英文系外教費爾樸序。陳國樺序末署「（民國）三十二年二月十二日序於華西大學」；陳中凡序末署「民國三十二年一月二十五日」、「成都華西壩廣益學舍」，費爾樸序末署「一九四三年春」、「於四川成都」，而劉開榮自序末署「（民國）三十二年一月二十二日於華西壩」，是則其時劉開榮與陳中凡俱任教於華西大學。書之正文共九章：一、引論；二、勞動婦女（上）；三、勞動婦女（下）；四、民間一般婦女的日常生活；五、民間一般婦女的精神生活；六、妓女生活；七、宮庭婦女及貴族婦女生活；八、女冠子生活；九、結論。

陳國樺序有云：「處在中國抗建（即抗戰與建設——引者）的現階段，如欲建設新中國，必須動員二萬萬多女同胞的力量，共同參與偉大的建設工作。著者劉開榮君寫成此書，實無异提出婦女解放的問題，請大家重新加以嚴肅的考慮，因爲唐代的婦女生活，又何異於現代的婦女生活呢？」

陳中凡序則説：「我以爲此文可以作爲唐代婦女史看。因爲我國古代史家專紀帝王名臣的史績，至今中國史書有帝王家譜之譏。社會上廣大群衆反被擯於史書領域以外，真是憾事。今讀此文，方知道史家所忽略的東西，詩人乃一唱三歎，反復申詠。只要後人加以探討，就可以把當日被壓迫的一般婦女實際情形，畢露無遺。」

費爾樸序（英文，劉開榮譯成漢語）贊美：「本書作者劉開榮女士，本人會詩，也善爲富有詩意的散文，可以説是給近代的文學寶庫添上了一幅生動的圖畫——一幅女人的美麗的夢景。『唐代的光榮』不但包括有金漆的畫棟和迴廊，光彩奪目的瓷器，以及吴道子的山水名畫，并且有琳琅滿目的辭林文苑，裏面活躍地呈現着宫庭裏莊嚴的婦女，也舞動着詩人們生花的筆尖。」

劉開榮的自序中則如是說：「本書的目的，不是要研究某一人某一事，而是要像一個攝影專家，把唐人詩中所反映的當時婦女生活的斷片，一一剪下來，拚在一起，使人一看便可得到一個個鳥瞰。所以凡能對當時的婦女生活，給一綫光明或一絲暗示的詩料，作者都不肯割捨。尤其關於佔有人精神生活一大部份的兩性間的言情談愛的記載，作者更要把它赤裸裸地呈現在讀者的面前，讓讀者進到他們的精神世界裏面去，不再襲用以往的成見，把君臣的關係拉扯上去，加以牽强附會的解釋了。」

可見這册書，無論作者與評者，都更注重其對「新婦女觀」的弘揚，而於唐代文學研究的價值反而在其次。劉開榮身爲女性，於有關女性的詩作更容易心有戚戚焉。這自然也受當日西學日漸張揚女權等社會情境、時代風氣和思潮的影響。今日的讀者，則更注重其學術層面的價值。如陳汝潔說：「有人說劉開榮的這本書實踐了陳寅恪先生的『以詩證史』的思想，我仔細讀了之後，覺得劉著與陳寅恪先生的元白詩箋證稿相比，還是差别較大的。陳著箋釋元白詩，往往證之以史籍，能使人明了詩中所寫何者爲史實何者爲虛構。在陳來說，『以詩證史』又何嘗不是『以史證詩』。而通過『以史證詩』所揭示出的元白詩中的今典，對讀者理解元白詩具有重要作用。以注釋來說，能注出今典比注明古典難度要大。寅恪先生在元白詩箋證稿中揭示了大量今典，因難能而可貴。而劉著在全書中很少涉及當時的史籍，所以讀後讓人覺得是她從全唐詩中分類披檢關乎婦女詩作，費了不少工夫而欠了一點功力，無法望陳著項背。但劉著是一部有趣的書，她把唐詩中關於婦女的詩作檢索、排比出來，讓人知道唐詩中的這一類。倘若她能够進一步讓讀者知道詩中所寫的這些婦女生活，哪些合於唐代史實哪些是詩人虛構，那該多好！不過，從書名來看，她大約認定唐代詩歌中所寫即是當時社會中所有，真的嗎？我認爲這需要證明。」

清代婦女文學史，一九二七年二月中華書局初版，一九三二年十二月再版，共十七萬五千字。作者梁乙真，河北獲鹿人，生於一九〇〇年，一九二五年後就讀於上海南方大學，卒年及生平不詳。除清代婦女文學史外，尚著有中國文學史話、中國民族文學史、中國婦女文學史和元明散曲小史。

清代婦女文學史共列舉了漢、滿閨閣名媛、娼門、女冠、難女、乞丐女性作者三百餘人。內容目録爲：第一編明清兩朝婦女之極盛時期；第二編清代婦女文學之極盛時期（上）；第三編清代婦女文學之極盛時期（下）；第四編清代婦女文學之衰落時期；第五編清代婦女文學雜述。

書前有王蘊章序、王燦芝序和自序，書末附録清代婦女著作家表及人名索引。此書受謝無量中國婦女文學史啓發和影響，但後來居上。王蘊章和王燦芝都給予較高評價。當代女性文學研究者也頗加青目，評論其重視女性張揚女權的思想意義高於文學史意義。所謂二十世紀三部女性文學史梁乙真居其二。

宋代文學，呂思勉著。呂氏生於一八八四年，卒於一九五七年，是著名歷史學家，其中國通史、秦漢史、讀史札記等都是史學名著。這册宋代文學一九二九年由商務印書館出版，共六章，分别是：一、概説；二、宋代之古文；三、宋代之駢文；四、宋代之詩；五、宋代之詞曲；六、宋代之小説。

此書行文用淺近文言，梳理宋代各體文學的代表作家、演變發展脈絡相當全面，可視爲宋代文學史的早期代表作。其觀點議論，具有二十世紀早期的清明樸實，非如後來受各種所謂「範式」拘限者。如論三蘇之文：蘇洵「筆力堅勁，自以老泉爲最。然老泉好縱横家言，恒以權譎自喜，而其言實不可用。故其議論，多有不中理者」。蘇軾「則見解較老泉爲高。雖亦不脱縱横之習，然絶去作用處，時或近於道家。非如老泉一味以權術自矜也。尤妙在能以明顯之筆達之。晚年文字，則心手相忘，獨立千載」。蘇轍「氣象不如其父兄之雄奇；才思横溢，亦非乃兄之敵。然議論在三家中最爲平正，文亦較有夷然澹蕩之致，則亦非父兄所能也」。宋代文學專設駢文一章，也是後來的文學史一般所忽略的。

中國詞史大綱，胡雲翼著。胡氏生於一九〇六年，卒於一九六五年，曾於中學、大學任教，後爲上海中華書局、商務印書館編輯，於唐宋詩詞研究深湛，有宋詞研究、宋詩研究、宋詞選、唐詩研究等著作行世，影響頗大。中國詞史大綱，北新書局（創立於北京，後遷上海）一九三五年出版。此書分兩編，第一編爲「唐五代詞」，共九章，第二編爲「北宋詞」，共十四章，共録詞人凡五十七家。

此書爲近代意義上對詞這一形式溯波追源之較早學術著作，也可以説是研究宋詞的早期經典。其論詞與詩之區別云：「長短句的歌詞在文人的社會裏確立以後，牠的發展漸漸地把不甚協樂的律絶詩壓倒了。我們看樂曲裏面的長命女、烏夜啼、漁夫詞、長相思、江南春、步虛詞、鳳歸雲、離别難、金縷曲、水調歌、白苧等調，最初都是用五七言絶句歌詞，後來都改用長短句的歌詞了。中唐詩人還有寫律絶詩給樂工伶妓們去唱，到晚唐竟失掉歌詩之法，只有長短句的歌詞了。這不顯明的是：長短句的歌詞藉着在音樂上的便利，把整整的歌詩打倒了嗎？」詞的興盛在音樂這一歷史的核心問題，如此明白曉暢地揭示了出來。

詞的歷史分期，此後的文學史，都以中國詞史大綱的説法爲準，如北宋詞的演變：「歷史的發展，則可分爲四個時期：第一個時期是小詞的時期，以晏殊、歐陽修、晏幾道諸人爲主幹；第二個時期是慢詞的時期，以柳永、秦觀諸人爲主幹；第三個時期是詩人的詞的時期，以蘇軾、黄庭堅諸人爲主幹；第四個時期是樂府詞復興的時期，以周邦彦、李清照諸人爲主幹。」與後來的文學史相較，中國詞史大綱没有「婉約派」「局限於個人趣味」，「豪放派」「關注國家社會」「積極入世」一類意識形態評論語言，更顯學術性的單純。

趙景深著宋元戲文本事，北新書局一九三四年出版，但其完成於一九二三年六月。這是對宋元南戲研究的筆路藍縷之作，其開闢之功永耀史册。作者在自序中説：「這一本小書的目的是想把已佚的宋元戲文輯録出來，作爲研讀中國文學的一個參考；爲了恐怕專載佚文太枯燥，斷簡殘篇湊在一起也令人有丈二金剛之感，於是也附一點本事，把殘文貫串起來，使得讀者看這一本書不像是摹（即『摩』）挲古董，而像是在讀幾篇很有趣味的短篇小說。」

書共九章，輯自南九宮譜、新編南九宮詞、雍熙樂府、九宮大成南北詞宮譜，內容包括：一、王煥和王魁；二、陳巡檢梅嶺失妻；三、四種戀愛戲文；四、王祥卧冰；五、黄周兩孝子；六、江流和尚；七、僅存三五曲的元代戲文；八、僅存兩曲的元代戲文；九、僅存一曲的元代戲文。

中國戲劇小史，周貽白著。周氏生於一九〇〇年，卒於一九七七年，是著名中國戲曲史家和中國戲曲理論家，還曾經創作並演出話劇作品三十部上下。他首先提出並詳細論證中國戲曲的三大聲腔源流——崑曲、弋陽腔和梆子腔，厥功甚偉。他於一九三六年出版中國戲劇史略和中國劇場史（商務印書館），中國戲劇小史乃在前二書基礎上再加補充修訂，於一九四六年由上海的永祥印書館印出。後來又出版中國戲劇史（一九五三）、中國戲劇史講座（一九五八）、中國戲劇史長編（一九六〇），以及遺著中國戲劇發展史綱要（一九七九），都是以中國戲劇小史爲基礎的。

中國戲劇小史共八章：一、中國戲劇的形成；二、唐宋的戲劇；三、南戲與北劇；四、明代戲劇的概況；五、崑曲與亂彈；六、皮黄劇的勃興；七、文明戲與話劇；八、中國戲劇前途的展望。今天的讀者，要了解中國戲劇發展的歷史，當然有後來居上者的書可讀，但前驅者的貢獻也是不容抹殺的。中國戲劇小史的意義就在這裏。

中國小説的起源及其演變，正中書局（陳果夫一九三一年創立於南京）一九三四年出版，作者胡懷琛。胡氏生於一八八六年，卒於一九三八年，一九三二年被聘爲上海市通志館編纂。他搜集整理一批上海地方史志珍貴資料，卓有貢獻。其藏書以詩文集和課本爲特色，如三字經、百家姓、千字文、千家詩等，收集齊全，劉鶚稱其爲「三百千千」。收集外文書籍和少數民族作者的漢文詩集一千餘種，可惜其藏書在抗戰時多半被日寇炸毀。一九四〇年，其子胡道静將殘餘之書捐獻給了震旦大學。

中國小說的起源及其演變共六章：一、本書說到的範圍；二、小說的起源及小說二字在中國文學上的涵義之變遷；三、中國小說「形」的方面的演變；四、中國小說「質」的方面的演變；五、現代小說；六、研究中國小說參考的書目。第一章開宗明義：「本書所講的，只有兩件事情如下：（一）是中國小說的起源，與小說二字涵義的變遷。（二）是中國小說的演變，並現代小說的標準。」

研究小說者歷來推崇魯迅的中國小說史略和胡適的中國章回小說考證，那自然是開山的典範之作。其後錢静芳小說叢考、蔣瑞藻小說考證等也都功力深湛，卓然有成。本書算得上是一册史論相結合的小說研究著作，在中國小說研究的歷史進程中，雖然不如上述幾種著作那麽經典，却也有其歷史的價值和意義，從「可讀性」來說，則更占優勢。如此書說到中國小說的歷史變化，通俗易懂而能切中肯綮：「由古代的傳說在口上，演變成寫在紙上，這是一變。宋代的說話勃興，這是第二變。宋人的話本，由說給人家聽的，變爲直接給人家看的，這是第三變。紅樓夢、儒林外史等，只是寫的，不是說的，這是第四變。然而『說』和『寫』，仍是同時候存在的，決不是變成後者，前者就消滅了。只不過互有盛衰而已。」

此外說到的一些情況，也頗能讓我們對於歷史的演變，有一種親切的感知。如：「在民國前一二年，有周作人譯的域外小說集，是用文言譯西洋的短篇小說。不過是大失敗了。這失敗並非域外小說集自身不高明，只是和那時候的讀者程度相差太遠。第一不歡喜讀這種無頭無尾的短篇小說，第二不歡喜讀平淡無奇的故事，第三不歡喜這種比較生硬而樸質的文言。結果，這部書當時幾乎没有人知道。」

書評研究，商務印書館一九三五年出版。作者蕭乾生於一九一〇年，卒於一九九九年，是著名翻譯家、作家、富有傳奇色彩的二戰記者，畢業於燕京大學新聞系，後去英國劍橋大學任教並讀碩士學位，一九四三年領取了隨軍記者證，正式成爲大公報的駐外記者，也是二戰時期歐洲戰場的唯一中國記者，一九九五年中國作家協會授予其「抗戰勝利者作家紀念碑」榮譽。三百二十萬字的蕭乾文集包括小説、散文、特寫、回憶録等，譯作莎士比亞戲劇故事集、好兵帥克以及與夫人文潔若合譯的尤利西斯等更是影響巨大久遠。

隨着近現代出版業的發展，書評也逐漸增多，但對這種新型的文學批評樣式作正式的研究，書評研究可以説是拓荒之作。書共八章：一、序論；二、書評家；三、閱讀的藝術；四、批評的基準；五、批評的藝術；六、書評的寫作；七、書評與讀書界；八、附録。此書的核心思想是，書評是有益於社會的嚴肅工作，書評家是具有特殊身份的知識者，代表讀者的鑒定者，文化生産的監督人，而不是庸俗、獻媚的商業廣告商。如：「一切批評都必須基於清澄的理解。批評的公允實即理解深澈的反映。」「書評家寧可改業廣告，永不可用批評的地位作兜售的營生。」「對讀者他服務，却也不侍奉如奴隸。他把讀者看成智力的平等者。他並不武斷地强迫讀者接受他的意見，也不賣弄學問如一塾師。讀者的好惡是受風氣支配的，但他不追隨那風氣，他不固執，却有信仰。」無疑，即使在今天，書評研究仍然有牠的現實針對性和意義。

清代詞學概論，上海大東書局一九二六年出版。其作者徐珂生於一八六九年，卒於一九二八年，爲光緒舉人，袁世凱天津小站練兵時的幕僚，一九〇一年任上海外交報、東方雜誌編輯，後爲商務印書館編輯，其所編纂的清稗類鈔是享譽學林的文史巨著。

清代詞學概論共七章：一、總論；二、派別；三、選本；四、評語；五、詞譜；六、詞韵；七、詞話。作者雖入民國，而其傳統文化教養的底色，濃郁深厚，迥非後來人可比。故此書行文，爲優美洗練的文言，而其對清詞演變脈絡的勾勒，代表性詞人的品評，乃至資料的選録等，都有「個中人」的真知灼見，可謂言簡意賅，高屋建瓴，非後來研究者搬弄西洋「範式」敷衍成文者可及。無疑，此書可列入「學術經典」的行列，不像本選集大多數作品具「過渡轉型」之身份色彩也。

如清代詞學概論評騭「清初之詞」的代表作家，「最著者」爲朱彝尊、陳維崧，「兩人並世齊名」，而前者「情深，所作詞高秀超詣，綿密精美，其蔽爲餖飣」；後者「筆重，所作詞天才艷發，辭鋒横溢，其蔽爲粗率」；「繼之而起名重一時者，實惟納蘭容若。門第才華，直越北宋之晏小山而上之，其詞纏綿婉約，能極其致，南唐墜緒，絶而復續」。再如説清詞之派别：「有清一代之詞，有二大别：一浙派，一常州派，亦猶散體文之有桐城陽湖二派也。」這些基本的定位，都成了後來各種文學史、清詞史祖述的圭臬。再如書中説到「才人之詞」、「學人之詞」、「詞人之詞」的三分法，也直搗黄龍，揭示本質，對後世影響深遠。

韓柳文研究法著者林紓生於一八五二年，卒於一九二四年，堪稱是一位清末民初的文化奇人。他是桐城派散文的殿軍，一點不懂西洋語言文字，僅憑聽人口述，把一百八十多種西方小説翻譯成漢語，成爲向古老中國介紹西方文學的開山人。「林譯小説」，曾經是好幾代人的最愛，用文言表述的漢譯西方小説，成了中西文化交流史上一道奇异的瑰彩。

韓柳文研究法亦是文言文著作，對韓愈和柳宗元的多篇古文逐一評論，細緻深入，作者所持觀點立場，則完全是傳統的儒家思想體系和桐城派衡文的法眼，完全不見西學影響的痕迹。此亦可見所謂民國時段之文化形態，新舊雜陳，多元豐富也。

前有馬其昶（一八五五——一九三〇）短序，馬氏乃桐城派後勁，清史稿之「儒林」、「文苑」卷總纂。其序説與林紓「同客京師，一見相傾倒，别三年，再晤，陵谷遷變矣。而先生著書談文如故，一日出所謂韓柳文研究法見示」。所謂「陵谷遷變」，即指清朝滅亡而民國建立，韓柳文研究法於一九一四年由商務印書館出版，則此書或峻稿於清季。馬其昶贊美林紓「於史漢及唐宋大家文，誦之數十年，説其義，玩其辭，醰醰乎其有味也」。林紓於韓愈、柳宗元的古文沉浸涵泳，所謂「韓氏之文，不佞讀之二十有五年」，則其所得所會，自然和後來接受了西方文藝思想的研究者，無真賞而僅「分析批判」所見大爲不同。

如林紓這樣評析韓愈的文章寫作技巧：「韓氏之能，能詳人之所略，又略人之所詳。常人恒設之籬樊，學韓則障礙爲之空。常人流滑之口吻，學韓則結習爲之除。漢所謂摧陷廓清者，或在是也。」「韓文能抑絶掩蔽，不使自露。不佞久乃覺之。……不善學者，往往因蔽而晦，累掩而澀。……所難者，能於掩蔽中，有淵然之光、蒼然之色，所以成爲昌黎耳。」

再如評柳宗元：「柳州段太尉逸事狀，與昌黎張中丞傳後叙，均洋洋有生氣，亦皆良史之才也。不佞甚惜柳州不爲史官，其寫忠義慷慨處，氣壯而語醇，力偉而光斂，可稱極筆。」「若公在永州，一荒昧不辟之區，必待糞除，其勝始出。是永州之勝，均係諸公之一言。則非極力描摹，山容水態，亦不易流傳於藝苑。集中諸文皆佳，而山水之記，尤爲精絶，雖大同小异，然各有經營。韓公猶望而却步，何論其他。」

文學論略，章太炎著。章太炎生於一八六九年，卒於一九三六年，太炎是號，名炳麟，在小學（語言文字學）、歷史、哲學、政治方面都有卓越貢獻，乃近代的國學大師。我的業師姚奠中先生是章先生最後招收的研究生之一，把對文學論略的評介作爲這一個系列學術著作的「收官」，格外具有意味。

文學論略首發於一九〇五年的四川學報（未完），一九二五年上海的群衆圖書公司出版，一九二六年再版，後來又成爲國故論衡的一部分。文學論略前面有胡適的一篇序，其中的一些話很有意味：

這五十年是中國古文學的結束時期。做這個大結束的人物，很不容易得。恰好有一個章炳麟，真可算是古文學很光榮的結局了。章炳麟是清代學術史的押陣大將，但他又是一個文學家。

他是能實行不分文辭與學説的人，故他講學説理的文章都很有文學的價值。

但他究竟是一個復古的文家。他的復古主義雖能「言之成理」，究竟是一種反背時勢的運動。

總而言之，章炳麟的古文學是五十年來的第一作家，這是無可疑的。但他的成績只夠替古文學做一個很光榮的下場，仍舊不能救古文學的必死之症，仍舊不能做到那「取千年朽蠹之餘，反之正則」的盛業。他的弟子也不少，但他的文章却没有傳人。

文學論略開宗明義：「何以謂之文學？以有文字，著於竹帛，故謂之文；論其法式，謂之文學。凡文理，文字，文辭，皆謂之文；而言其采色之煥發，則謂之彣（讀『文』，文采之意）」。這裏的核心思想，即文、史、哲不作絶對區分的「文學」觀念。而這一點，正是中國文化的根蒂，與西方講究分科別類的「科學」文藝學大異其趣。從表面看來，如胡適所批評，章太炎的這種文學觀是「復古主義」，「反背時勢」。胡適在序言結尾説：「章炳麟在文學上的成績與失敗，都給我們一個教訓。他的成績使我們知道文學須有學問與論理做底子，他的失敗使我們知道中國文學的改革須向前進，不可回頭去。」

以五四新文化運動爲起始標誌的「白話文」運動，正是沿着胡適的主張發展前行的，魯迅的「拿來主義」主張也主宰了整個二十世紀的中國文學和文化的走向。我們所評介的民國學術著作，絶大多數也體現了這個方向和主旨。但問題並不是單一的，歷史也是復雜的，如今我們回顧反思，在肯定胡適所説「改革必須向前，不可以回頭去」的歷史合理性一面的同時，也必須正視章太炎的文學主張，蘊含有更深層的中國傳統文化之精義奥旨，而且隨着人類文化在二十一世紀出現的困境，越來越具有啓示意義。單從對文學的認識來説，章太炎標榜的文、史、哲大會通的中國傳統文化的根本立場，也是有其文化深刻性和現實針對性的。

因此，對民國長達四十年時段的學術著作及其體現的思想方向，也不能簡單化地對待，忽視其所體現的歷史走向必然性與新價值的合理性是不對的，過分拔高推崇也有所偏頗。畢竟，那是一個「過渡」、「轉型」的時期，其多數學術文化著作也必然帶有「過渡」、「轉型」的色彩，是「進行時」和「未完成時」，距離「經典」尚有距離。從戊戌變法到辛亥革命到五四運動，一直到一九四九年，泛民國時段（包括其醞釀鋪墊時期）之中國現代化歷程從肇始而前行，歷經曲折，其激烈變化之歷史空隙中艱難産生的學術文化，有其大膽引進勇敢開拓而攝人心魄的一面，也有其嘗試而稚嫩、外來與傳統磨合不甚相契的一面。近世之社會轉型文化轉型乃大勢所趨，民國的學人們做出了艱苦的努力和卓越的貢獻，如何能在吸取世界其他文明滋育的同時，又能使中國傳統文化精粹得以恢弘發揚，再造輝煌，此正民國以來直至今日，中國知識界文化界苦苦思索探尋而歷久彌新之時代課題！

正是在這個意義上，民國的學術著作，這些體現了當日中國文化精英思考、研究、探索中國的社會與國家之現代化轉型的成果，其中的材料等或已經是舊痕陳迹，而其所思考的問題，所探索的思路，所提出的設想，以及這些著作本身的種種成就和不足，對於今天的中國現實，仍然具有攻錯借鑒的意義。他山之石，可以攻玉，何况此本非他山之石，正我山自有之石乎！

欲滅其國族，必先滅其文史。民族的歷史，特別是文化史、思想史、學術史，誠乃一國一族之精魂慧命之所在所基。當年日本侵略者之所以轟炸商務印書館與東方圖書館者，正深諳此理也。而商務印書館鳳凰涅槃浴火重生之艱苦奮鬥，亦未稍懈於斯。

民國語文，也在「轉型」途程中，這些學術著作的文風，大多是一種「尚存文言痕迹的白話文」。今天的青年讀者閱讀起來，也許會有异樣的感覺，但也可謂別具一種風味。而此二十三種著作的作者，絶大多數爲南方人，如浙江、江蘇、湖南、福建等省份，這些著作又大都在上海出版，由此亦可見民國時期文化發展的大情勢。這二十三種著作的二十位作者，當其撰寫著作之時，應該説彼此質素、學養都相差不遠，而其後之發展結局，則有的著作等身成爲大家大師，有的則後勁不足而逐漸湮滅少聞，固然各人機遇運會不同，而個人心志的堅持和努力之有無强弱，無疑是最主要的因素。對今日之學人特別是青年，不也很有啓發意義嗎？

潛入歷史的塵霾中排沙簡金，而選擇出此二十三册著作，並非筆者所爲，因而對此種簡選是否即能代表民國時期文學研究的大體大略，實亦不敢斷言，滄海遺珠或在所難免。而忝膺爲此編叢書作序的重任，惶恐之意，自不待言，管窺蠡測，亂彈胡侃，尚祈盼海内外方家不吝指教。但披閲這些先賢的著述，恰如驀然回首，向幽深的夜，重新點燃支支老紅燭。「紅燭啊！是誰制的蠟——給你軀體？是誰點的火——點着靈魂？」（聞一多紅燭）

點點燭光，明輝熠熠，回顧往昔，瞻望將來，道一聲：願我們的中國，鑒古灼今，發揚傳統精華，吸取五洲營養，漸進改革，持續開放，醒獅昂首，闊步奮行，前程佳美！

二〇一四年四月一日於大連

作者簡介

趙景深（一九〇二年—一九八五年），浙江麗水人，中國戲曲研究家、文學史家、教育家、作家。一九三〇年起任復旦大學中文系教授。曾任中國古代戲曲研究會會長，中國俗文學學會名譽主席，中國民間文學研究會上海分會主席等。在元雜劇和宋元南戲的輯佚方面做了開創性工作，對昆劇等劇種的歷史和聲腔源流及上演劇目、表演藝術均有研究。著有曲論初探、中國戲曲實考、中國小説叢考等十多部專著。

序

這一本小書的目的是想把已佚的宋元戲文輯錄出來，作爲研讀中國文學的一個參考；爲了恐怕專載佚文太枯燥，斷簡殘篇湊在一起也令人有丈二金剛之感，於是也附一點本事，把殘文貫串起來，使得讀者看這一本書不像是摹挲古董，而像是在讀幾篇很有趣味的短篇小說；其中如陳巡檢梅嶺失妻、王祥臥冰等，我是竭力想以最簡潔的文字來把那些散失的珍珠一粒粒的用一根線串穿起來，使其成爲燦爛奪目的項圈的。本來想定名爲宋元戲文輯逸本事，恐怕書名太長不便稱呼，便把「輯逸」二字删去。目的既在輯逸，已有通行本的永樂大典戲文三種當然不在敍述之列；而琵琶記與元末明初的荆、劉、拜、殺四大傳奇也就不去提起牠們了。所據的書很有限，只是從南九宮譜、新編南九宮詞、雍熙樂府以及九宮大成南北詞宮譜這四部書裏把宋元戲文分類輯錄出來。許多罕見的曲譜我都無緣見到。但以對於這工作的熱心以及想到可省去同好者翻檢八十册書的勞力，我還是靦覥地把這本小書送了出去。

趙景深。二三，六，一四。

目次

一　王煥和王魁

據王國維宋元戲曲史的考證，宋代戲文有趙貞女蔡二郎、王煥、樂昌分鏡、王魁等，鄭振鐸中國文學史又加上陳巡檢梅嶺失妻一種：故現今確可知爲宋代戲文者，實得五種。陳巡檢梅嶺失妻將在次節詳敘，趙貞女蔡二郎殘文已隻字無存，所以本節預備說明王煥和王魁，兼及樂昌分鏡。

王煥戲文的情節雖已不能知道，但我們存有同一題材的元無名氏的雜劇風流王煥百花亭，收入元曲選；今卽略據曲海總目提要卷四百花亭的本事借來作這戲文的說明。

「汴梁人王煥，居洛陽，美丰姿，善吟詠，兼精騎射，人以風流王煥稱之。時屆清明，與奚童出城遊玩。妓賀憐憐踏青至陳家園百花亭暫憩，與煥相值。覘賀之艷，竚亭不去。」王煥云：

（絮婆婆）名園裏，鎮日賞芳菲，陌上遊人來似蟻。小亭臺上，翫賞好得意。時逢個嬌臉兒，花紅柳綠草萋萋，賞遍花叢得意美。酒闌人散醉扶歸，好花恨不折幾枝。

（滿園香）觸目奇花與芳草，蜂蝶戲燕子飛遶。春風亭上遊人，悄如仙子來到。

「賀亦愛煥才品，」既適款曲，歸後思念甚殷，唱道：

（燭影搖紅）終日尋芳，怎知迤邐歸來晚。遠山低處夕陽斜，郊外遊人散。恐遇風流俏臉，向花前頻頻顧盼。口中不道，心下思量，何時得見？

憐憐思念愈切，鴇母見了，便道：

（紫蘇丸）麼花隊裏曾經歷，那門庭煞知端的。近日來可笑女孩兒，心如飛絮難尋覓。

「有賣查梨王二者，過陳園煥與相識，詢賀居止，始知之，遂造其家相狎昵。居半載，囊資已竭。西延邊將高邈，取軍需赴洛，聞賀欲買之。」正是：

（喬八分）兩人漫自胡廝逞，更有一個風流辣浪的也哥。雙雙鴛鴦在池中耍，魚兒來也哥。

憐憐自然不肯，鴇母便說：

（秋夜雨）心事無靠託，淚暗滴鐙花偷落。我女癡迷，全然不省，更不思量着。佶倬的無數，憑着你自尋那個！

王煥聞知憐憐嫁與高邈，便與鴇母爭吵：

王　（漁燈花）閃得我銅斗家私沒片瓦。雖然是水盡鵝飛，不當告我，悔過你自別打垜。伊休信別人攛唆，虔婆，你好趁科。金銀被你相折挫，恨不得把伊來碎剮。

鴇　（漁燈花）三十哥停嗔息怒且放下。有的事好好商量，持刀做什麼。焦撇把女憐憐嫁，三十貫賣與高邈行家，翻作戾家。落人窠，中人計，喫人慢，我女終朝望你，空卜龜兒卦。

（四國朝）漫說漫說風流的，如何來吾手下逞。

更有更有風流的，如何敢僭稱。

「假母嫁賀於邈，邈移賀妓居承天寺中。賀欲與煥訂生死約，而乏通問之使。王小二至寺，乃作東達煥。」並云：

（薔薇花）三十哥，你央不來也儘教，又著王二走一遭，只恁擔閣。

「煥遂易裝作」乞丐，「覘邈出，高聲呼叫：」

（倒拖船）一街兩巷誰憐念，誰憐念？官人娘子可憐見，可憐見！捨貧布施行方便。新裙襖，幾曾穿；告英賢，結良緣。小乞兒叫化幾文錢。

「賀聞出與語，令煥赴西延立功，且許邈佔有夫之婦，贈以路費。煥詣西延，投經略种師道，以戰功授西涼節度使。師道覈邈擅用軍需，以致缺額。聞其以洛陽娶妓之故，拘而鞫之。賀云：「身是煥妻，不願從邈。」適煥凱旋入謁，言賀實己所聘妻，師道乃治邈罪，斷賀歸煥云。」南詞敍錄另有賀憐憐煙花怨，恐怕也就是百花亭的別稱，大約是一本二名，徐渭誤認爲兩本了。

王魁戲文約存五曲。本事可節錄柳貫的王魁傳：「王魁下第失意，入山東萊州。友人招遊北市，有婦絕豔，酌酒曰：「酒乃天之美祿，足下得桂英而飲天祿，明春登第之兆。」」王魁說：

〈熙州三臺〉晚來雲淡風輕，窗外月兒又明，蹩頓閣兒新。飲三杯自遣悶情。久聞倩館芳名，猛拚一醉千金，活脫似昭君，行來的便是桂英。

桂英「乃取項羅巾請生題詩。英並曰：「君但爲學，四時所須我爲辦之。」遂訂爲夫婦。由是魁朝去暮來。」桂英云：

〈長生道引〉三鼓將傳，誰家長笛頻吹，此景教人怎存濟？神思自覺昏迷，珊瑚枕上，並根同蒂。放嬌癡，恣歡娛，如魚似水。釵橫鬢亂不自持，嬌無力倩郎扶起。我和伊效學鴛鴦，共成一對。願得譙樓上，漏聲遲。

『逾年有詔求賢，英爲辦西遊之用，將行，』桂英云：

（泛蘭舟）鎮日花前酒畔，狂蕩煞迷戀。春闈赴選音傳，恩愛惹離怨。天付良緣，一對少年，怎忍輕散，心事待訴君言。

二人同『至州北海神廟，盟於神，』王魁云：

（十二嬌）伊家恁的嬌面，悄如閬苑神仙。終不漾了甜桃去，尋酸棗，再喫添。同往聖祠前，雙雙告神天。

盟』曰：「吾與桂英誓不相負，若生離異，神當殛之。」後魁唱第爲天下第一，私念科名著此，以一娼婦玷辱，況有嚴君不容也，不復與書。桂寄詩數首，魁竟不答。」桂英云：

（十二時）終日生懊惱，漫自嗟排還到。堆上淹煎，砌成潦倒。喘吁吁氣餒形消，未卜死生何兆。

『魁父已約崔氏爲親。及魁授徐州僉判，英復遣僕持書以往。魁方坐廳決事，大怒，叱書不受。英曰：「魁負我如此，當以死報。」揮刀自刎。魁在南都試院，有人自燭下出，乃英也。英曰：「君負誓渝盟，使我至此。」後數日，魁竟死。」姚華菉猗室曲話也輯有王魁戲文，惟僅錄四曲，漏去十二時，爲遺憾耳。

雍熙樂府卷十五末另有綿搭絮思情，似爲七首同樣的綿搭絮所合成的，用的是桂英埋怨王魁負心的口吻，中有句云：「你如今另有了知心，海神廟威靈把狀投。」目次裏明明的題着，還是獨立的南曲小令，戲文裏像綿搭絮重複至七次的情形，恐怕是不大會有的。

南九宮譜和九宮大成南北詞宮譜裏都有分鏡記的佚文，惟與本事詩中「樂昌分鏡」的故事極不類，似非即樂昌分鏡，姑彙錄於下，以備他日參證：

（慶時豐）一重兩重山森聳，一渡兩渡水溶溶。無奈襪小又鞋弓，迢迢路遠脚兒痛。

（馬鞍兒）淅淅颯颯金風動，傷情處聽孤鴻。野澗流水潺潺響，淡烟鎖孤木怪松。漸覺夕陽西墜，聽啾啾唧唧寒蛩。奈今宵頓無宿處，思量向日，在銷金帳中。

（荼蘼插金鳳）隱隱星遲，燈月交輝。儼然遺下一天星斗，悄如晝日。紗籠過處，陣陣香飄暗遞。聽唱道轉身兩壁，行行語，聲笑嬉。悄似神仙，謫降凡世。往來車馬駢闐聚，是今日。

（喬合笙）幸干戈寧息，恐不良隱匿在林樾間。遂差人體探忽報言，粉態晝村店。亂惑紀律，軍中趕捉來帳前。我欲介取，夫人向前來勸免。怎知今日輻輳，兩下菱花，鬬合成一片。夫妻再得團圓，再得重相見，百歲偕繾綣。

（古瓦盆兒）出寶菱花，幸得見賢。尋取消息，只因詠詩篇。豈擬夫人回嗔作喜，幸得見憐。怎知今日輻輳，兩下菱花，鬬合成一片。夫妻再得團圓，再得重相見，百歲偕繾綣。

以上五曲，首二曲同韻，大約同爲妻子尋夫在途中所唱；中一曲或應放在最前，爲結婚時所唱；末二曲則爲夫婦合鏡團圓時所唱。另有賀新郎一曲，與雍熙樂府卷十六的一套中的同曲相同，今將這一全套午節照錄於下：

（賀新郎）雨歇梅天，簇紅巾海榴如火，聽湖中數聲鼉鼓，還憶着舊日三閭楚大夫。解獨醒名傳萬古，破雪藕，沉冰果，細切菖蒲。泛玉開樽俎，歡宴也慶重午。（么）乳燕雙雙，語雕梁對人如訴。採蓮舟棹入西湖，奪標處浪滚雪花上下舞，看兩兩龍舟競渡。插艾虎懸硃符，繫百索帶綰同心縷。百歲里，鎮歡娛。

（節節高）雙雙畫槳，輕戲漣漪，荷花蕩裏同一醉，眞得趣。選半開，折一朵碎柔花瓣打奴，則個休，得上心生嫉妬。鷗鷺雙雙點萍蕪，一鉤新月照花浦。

（尾聲）醺醺共入紗幬，臥簟紋如水勝冰壺，人間快活到大福。

二　陳巡檢梅嶺失妻

陳巡檢梅嶺失妻簡稱梅嶺記或陳巡檢傳奇，在南九宮譜和九宮大成南北詞宮譜裏存有殘文二十七曲，情節與清平山堂話本裏的陳巡檢梅嶺失妻記完全相同，現在就借用話本以作接筍之用。凡引號內者，均爲話本原文。

『東京汴梁城內虎異營中，一秀才姓陳名辛，字從善，年二十歲，故父是殿前太尉。這官人不幸父母早亡，只單身獨自。自小好學，學得文武雙全。……新娶得一個渾家，乃……張待詔之女，小字如春，年方二八，生得如花似玉。夫妻二人，如魚似水。』但看如春所說，便知分曉：

（大勝樂）生長幽閨正年少，深庭院鎮長歡笑。兒夫多喜風流，管教百歲偕老。

（鐙月交輝）昨宵夢覺，聽門外珍珠灑，漸覺無聲墮萬家。對良辰爭似我，晚來時推起窗紗，歡笑處說些情話。休歸也，那雪兒洋洋正下。

『陳辛……一日與妻言說：「今黃榜招賢，我欲赴選；求得一官半職，改換門閭，多少是好！」』此處戲文與話本略有不同，據下面陳辛所唱，嚴親未死，是他或他們要他去趕考，而非出於自願：

（三月海棠）好契姻，少年夫婦眞廝稱，你嬌容那更。我正青春，精神，果是一雙並兩好，半掐兒眞個沒節病。只爲蒙嚴命，辨行程，背教鴛侶兩離分！

「不數日去赴選場，偕衆伺候掛榜。旬日之間，金榜題名，已登三甲進士。上賜瓊林宴，宴罷謝恩，御筆除授廣東南雄沙角鎭巡檢司。巡檢回家，說與妻如春道：「今我蒙聖恩，除做南雄巡檢之職，就要走馬上任。我聞廣東，一路千層峻嶺，萬疊高山，路途難行，盜賊煙瘴及（極）多。如今便要收拾前去：如（爲）之奈何！」如春曰：「奴一身嫁與官人，只得同受甘苦。如今去做官，便是路途險難，只得前去，何必憂心！」夫妻倆如何爲難，且聽他們唱來：

陳　（梅子黃時雨）家住東京，積世富豪裔。承朝命武班之職。正青春琴瑟和美，論奢華世間無比。（十五郎）南雄巡檢新除，承朝命敢爭違？未免得餐風宿水。慮只慮年少妻，路途內多少奔馳。拚萬水千山前去。但得清廉勤謹累官職，終須著錦衣歸。

（六么梧葉）瓜期信通，爲着功名，奔走西東。

張　見說出路覺心慵，不由己，去匆匆。

陳　到得南雄，看取殘花再紅。

（金蓮子）仰承朝命，便指日絜累，往臨他境。

鴛侶肯離分？

張　奴只慮峻山高嶺。

陳　我只爲利韁名牽，奈萍踪不定。

合　我和你雙雙去，直待到得南雄，將我這舊歡重整。

『且說大羅仙界，有一眞人，號曰紫陽眞人，』你且聽他自敘，看他有何等的本領：

（少年遊）常學無違，奈此心與天地合異。能書符籙，善能咒水。遣陰兵，百萬英靈猛將，斷人間與妖鬼魅。

他『觀見陳辛奉眞齋道，好生志誠。今投南雄巡檢，爭奈他妻有千日之災，』便喚道童，道童應聲而出：

（石竹花）掃地焚香會撞鐘，趕仙鶴出入古松。鎭日翫水觀山，快樂誰人似我同。聽得眞人喚，原來是叫道童。

眞人道：『聽吾法旨，權與陳辛做伴當，護送夫妻二人，他妻若〔遇〕妖精，你可護送。』道童說：

（引駕行）聽師囑咐羅童，往東京急速如風，只慮却凡夫不見容，他留我定無災恐。除却妖精，歸來洞中。

眞人便將道童『權借與齋官（陳巡檢），送到南雄沙角鎭。』誰知道童『一路粧風做癡……走不動，上前退後，』如春好不有氣，見他『行不五里，叫腰疼，笑哭不止，』便道：

（胡女怨）非干是我意慵，是你斷調弄。一步不行，叫苦嚎痛。算來何日，得到南雄？不如我做道童，不如我做道童！

『陳巡檢不合聽了孺人言語，打發羅童回去，有分交如春爭些個做了失鄉之鬼。……且說梅嶺之北，有一洞名申陽洞，有一怪號曰白申公，乃猢猻精也。』他自敘道：

（梁州令）庚嶺山中顯聖靈，有無限威聲。樂煙霞泉石鎮山林，一方人欽仰，名傳播，盡皆驚。

他『在洞中，覷見嶺下轎中，擡着一個佳人，嬌嫩，如花似玉，意欲娶他。」他說：

（五方鬼）五方卒律律，鼓起雷聲。震動山川，百怪藏形。平日不曾顯威靈，今日覩物思情。見個人兒，美貌動情。

「乃喚……山神聽令，化作一店。中陽公變作店主，坐在店中。却好至黃昏時分，陳巡檢與孺人如春並王吉（家人）至梅嶺下。」如春不禁歎息起來：

（木丫牙）寂寞朝行暮止。金蓮步窄，肝腸寸碎。鄉關遠寂寞雲飛。算南雄何止萬里！只見映水梅花開數朵，正疎影橫斜欲上時。被淸影惱人情緒，向此際逋仙好賦詩！

（美中美）日墜西，人漸稀。深林裏遠觀，歸鴉亂飛。村莊却早半掩柴扉。犬兒聲聲吠起。只見野外樵夫挾斧回。

（油核桃）眼前一嶺崎嶇，怎不教我傷悲！今宵未卜投宿處。趕程途也，問人家莫待遲！

「見天色黃昏，路逢一店。……陳巡檢夫妻二人到店房中，吃了些晚飯，却好一更。看看二更，陳巡檢先上床脫衣而臥，只見就中起一陣風。……那一陣風過處，吹得燈半滅而復明。陳巡檢大驚，急穿衣起來看時，就房中不見了孺人張如春……仔細看時，和店房都不見了。」陳辛歎道：

（恨蕭郎）望鄉關千萬里，與他相隨來這裏。怎知妖魅，化茅舍在深山內。忽然一陣狂風起，妻兒攝去無踪跡。肝腸痛也，痛也傷悲，冤家下得直如是！

僕人王吉勸他道：『「只得捱過此嶺，且去沙角鎮上了任，却來打聽，尋取孺人不遲。」……且說申陽公攝了張如春歸於洞中。』如春至死不從，申公好不焦急，說道：

（傾杯序）霧鎖煙林映峭壁，巖巒峯巒翠。檜老杉枯，古木喬松，鳳舞龍蟠，修竹依依。我逍遙自樂，醉歌狂舞，洞天福地。喜逢伊，少年花貌正嬌癡。

（于飛樂）在山間，因翫賞，攝得個似花妍麗，天然態恁般嬌媚。要同歡，他未肯，不知何意。是前生分淺，這情懷不堪訴與！

（錦庭芳）向名園，對韶華風光儼然，花柳競爭妍。折一枝嬌滴滴海棠新鮮，可人處花如少年。咱這裏爲情人戀芳塵，虛度了紅顏，早早從人心願。願得蒼天

　　方便，早教咱成就了好姻緣。

「乃喚一婦人，名喚金蓮洞主：好好勸如春；早晚好待他，將好言語誘他，等他回心。」金蓮便喚如春，如春聞語，便說：

　　（桃柳爭春）柳一作李　驀忽聽得，傳聲高叫新來，不知因個甚的？

她仍舊不從。『申公大怒，』吩咐「將這賤人剪髮齊眉，蓬頭赤腳，罰在山頭挑水，澆灌花木。……如春自思：「我今情願挑水。」』她一面工作，一面唱道：

（花兒）牡丹正開，開在盆中，萬花都無賽。汲水澆花蔭花台，莫令水蕩花飄敗。

自然，同時她的心裏，非常憶念陳辛：

（傾杯序）堪題，對嶺梅，報早寒枝上藏春意。只見疎影橫斜，淺水澄清，暗香浮動，明月添輝。孤身在此，怎逢驛使，與傳消息。把愁腸，強來開展放歡喜。

再說『這陳巡檢在任，倏忽却早三年，官滿新官交替。陳巡檢收什（拾）行裝，與王吉離了沙角鎮，兩程併作一程行，相望庾嶺之下，紅日西沈，天色已晚。」陳巡檢說：

（風檢才）任滿回程舉鞭，相隨直到遠山，爲除賊寇保民安，惟只願信音傳。再來時，做大官。

陳辛到了紅蓮寺，見大惠禪師。

陳（長壽仙）路八訴冤，事急到山巔，有緣遇神仙。

大君有何事？但請一言。

陳陳辛妻子，離家因往南雄，大庾嶺被妖染。

大今聞非別與總，左道術，名申公，屬坤兌，獼猴狀，搊搜臉。

大惠禪師說起：『申陽公常到寺中聽說禪機。』陳巡檢便『在紅蓮寺中，一住十餘日，忽一日，行者報與長老，「申陽公到寺來也！」』『陳巡檢大怒，拔出所佩寶劍，』說道：

（一盆花）此劍分明靈異。看青蛇出匣，恁般雄威！氣冲斗牛接光輝。我今日待行前去，鎮伏妖魅。果然是奇，果然是美。便做到劉季當年，斬蛇堪比！

他拿起寶劍，『四（劈）頭便砍，申陽公用手一指，其劍自着身。……」最後還是只得去找紫陽眞人和道童，把申陽公捉去。於是夫妻團圓。申陽公討饒道：

（彩旗兒）稽首虔誠禮，眞人細聽取。記前回裏蒙擒住，把微臣特特赦取。敬爇沉水，鞠躬拜，深深跪，簪花獻水，燒錢化紙。望乞慈悲，洞中恁快樂壺天地。合爭知今日遇娉婷，料想業緣又未。

三　四種戀愛戲文

以下所敍便都是元代戲文。

本節要敍的是鶯鶯西廂記、孟月梅錦香亭、董秀英花月東牆記以及柳耆卿花酒翫江樓這四種戀愛戲文，南詞敍錄宋元舊篇均有著錄。

一、鶯鶯西廂記　雍熙樂府卷十六存月下聽琴一套，南九宮譜、南詞定律、九宮大成南北詞宮譜、太古傳宗宮詞譜並收之。前三種曲譜中倂多瑞雲濃一調，茲幷錄如下：

（瑞雲濃）春容漸老，綠遍滿階芳草。獨守孤幃病成了。衾寒枕冷，爲一點春愁，縈惱懷抱，恨只恨離多會少。

（絳都春序）雍熙誤作絳都春團團皎皎，見冰輪晃然，初離海嶠。仔細思量，怎不教人常雍熙作長不老！月過十五光明少，忍雍熙作怎負我青春年少！滿懷心事，一春怨恨，有誰知道！

（出隊子）是我幽居雍熙作我是幽幽居在古寺，景荒涼，人靜悄。怎禁那晝長無奈夜迢迢。都只爲雍熙此下多一這字兩般兒教人心下轉焦，怕只怕雍熙作怕的是鐘送黃昏鷄報曉。

（鬧樊樓）孤身先自添煩惱。夜永凄涼，眼前難熬。只見雍熙作見這老樹啼烏遶，雍熙多一聽字野寺哀猿叫。鶯甃畔，滴溜溜雍熙下多的字敗葉兒飄，響瑠瑠咭叮噹雍熙作擊玎璫的風鈴兒鬬合聒噪！

（滴滴金）窗前皓月遍偏來照，便是鐵石人也瘦了。悶懨懨怎生得眠一覺；恨悠悠，空懊惱，離情悄悄；病懨懨怎生捱到曉！此生怎逃，撲簌簌淚拋。澆

（畫眉序）欲成鸞鳳交，範鳳鸞交甚物將人夢驚覺？是誰家別院，故把琴調。方纔待絃續鸞交，誰想到被風吹

別調。靜聽句意十分妙，光風霽月逍遙。

（啄木兒）絃中正，指下高，是餘音太古雅操，拍托勾剔打抹挑。泛聲清，法度好，清如點水蜻蜓遶，鬧如夜宿烏鴉噪，小澗涓輪音吟猱，似仙音鶴鳴九皋。

（三段子）夜深靜悄，此曲中有才調，指法更好；此琴中果奇妙，伊家怎曉！高山流水知音少，怎訴與相如知道，使文君春心蕩了！

（滴溜子）雍熙誤題雙聲疊韻聽別院，聽別院，漏聲漸杳；香風靄，香風靄，楚雲縹緲。我這裏告天天還知道，願逢冰上人，月下老，早教我一雙雙團圓到老。

(下小樓)雍熙誤題上小樓駕車雍熙疊嬌姿來到，似嫦娥下九霄。卑人無福福分怎生消，試閑把瑤琴一操，異日須會題橋。

(永團圓犯)雍熙作耍鮑老夫人小玉都睡了，莫辜負好良宵。望天外月如洗，庭聽砌畔花陰遶。韶華易老，雙徑小溪花繡草。樓閣侵雲表，風清露皎。山隱隱，水迢迢，閒把湖山靠，羅韈弓鞋鞋小弓。雲鬢亂，金鳳翹，慢行休羅皂，只恐怕外人瞧。

（尾聲）潛踪躡足行來到，且莫使夫人知道，天與的榮華富貴到老。

詳細的校勘，可看姚華的菉猗室曲話。另外還有投宿一套：

（河傳序）巴到西廂，把咱斷筴落，教我埋怨到今。驀地潛過牆陰，荒唐錯認盤星。寂寞回歸何忍，怎想詩中藏機倖，全不省琴中恨，棋內心，把咱斷調引，使咱憔悴損。自迷做個無情鬼落得甚！閻王前只得攀下您，問春花那曾孤負東君。

（換頭）先世紅絲曾結定。陪了多少志誠，吃了無限顫驚，非是輕可緣分，不是容易到今。念汝相思得憐憫，休將做風中絮水上萍，咫尺天可憑。亂軍中曾許親，當時救活你一家命，得寧靜。你娘行反目不記恩。他失信，我每心下須準。

換頭雍熙失載，反以江流記一曲截充之，可謂牛頭不對馬嘴。南九宮譜還載有一調，為他譜所不載：

（聲聲慢）只將非雨，誰擬真晴，天教好事從人。為你薄情，幾度淚彈珠粉。被伊懊害煞多好教人落魄消魂。便為着牡丹花下死也甘心。

雍熙樂府卷十六還有寄情一套，不知是否古曲，一套中三易韻，也很少見，姑且錄在下面：

（侍香金童）情寄小詞中，人立西廂下，盼不到巫山楚峽，則這能對付紅娘迤逗咱，因相思害殺嬌娃。雁呀呀的對月窗紗，一弄兒的淒涼沒亂殺。寒更正撤，曉鷄啼罷，戍樓中畫角品梅花。

（傳言玉女）張生病久，漸婚鸞偶。金榜無名，青霄路有。送陽關滿斟別酒，未飮淚先流。厭此離別願相守，抛撇下西廂吟詠女嬌羞。相思病兩邊迤逗，奴懷憂悶爾懷愁。乍離別拆盡郵亭柳。自從他去後，兩淚盈眸。改盡容顏，怎禁憔瘦。

（月裏嫦娥）凄楚情懷，好教我珠淚盈腮。離情鎮日，愁深似海，幾時能勾兩處和諧？從他去後經多載，誰承望地久天長，只恁的放狂乖。歡娛相見，想着他便淚滿香腮。

（尾）前生少欠相思債，但只願同歡相愛，且把眉兒展放開。

新編南九宮詞有羽調大聖樂一套，我想一定是緊接月下聽琴一套後面的。

二、孟月梅錦香亭　存殘文八曲。情節或與西廂相近。

孟月梅與一書生相愛，託一婆婆爲引線：

孟　（三十腔）恨無極，爲寃家朝暮意慘慽。仗他傳遞消息，奈何花神不與東君力，那更連朝風雨急。婆婆眞個，便與用力，怎敢忘恩義！

婆　兩處團圓定有日，不用苦恁勞役。從今後我只囘護你，但莫教別個知。多十日，少三朝，管取如魚水。女聘男婚，人之大禮；不謂相公生出是和非，平地阻隔佳期。情知道女孩兒，心下是氣不氣！許得糖甜蜜蒂，到明朝一似耳邊風吹。你每從來有心機，須著用此拖刀計！尋常樂事，倘能料理；如今小事，當得甚的！須要伊手裏諧匹配，女兒家恁般所爲。

孟　孟月梅自知不是。想鶯鶯待月西廂記，落得個俊美名兒，偸期且看傍州例，你個年老紅娘作道理。若得張君瑞效于飛，便是成全了我一世。

婆　女貌郎才兩相宜，眞個是天生一對兒，心眼相同到這裏。比翼鳥，連理枝；幸有多姝麗，好個風流壻。自古夫妻是福齊，果是惺惺愛伶俐，從今不空了鴛鴦被。向粧臺，宜早起，待那情人來畫眉。偏稱這對月臨風，不負了媚景良時。梅香自想人生能有幾；正後生時，怎忍淩費，來朝須有稱心時。傳玉斝，泛金巵，莫冷煖無終始。有朝一日成姻契，天長地久成相會。那時好好謝良媒，須教早早得完備！

也許書生向老夫人求婚，老夫人雖允，惟不招白衣之士；所謂『生出是和非，』或卽指此。書生云：

（玉漏遲）詩書勤乃有。焚香繼晷，吟不絕口。苦志潛心，奮發擬攀龍首。刺股懸樑閉戶，指日願功名成就。因配偶，重折渭城楊柳。

臨別的席上，二人不勝依依。正是：

（月兒高）看徧閒花草，爭如自家好。這樣風流事，那個人不好？才子共佳人，如今正年少。看他筵席上，兩處傷懷抱！

書生赴考途中，道是甚般景致？

（漁父第一）是則是路途間好，望東方曙色尙早，幾點疏星照。見殘月漸落樹杪，寒林古木靑煙罩，宿霧初收水氣高。迢遙古徑通深杳，竹塢人家傍小橋。傍小橋過遠郎，柳堤蟬噪，深山內猛聞採樵。對淸溪，見漁人水邊獨釣。莊門開景物尙早，牧童跨犢登山道，隱隱臨歧酒旆搖。駐馬郵亭共索笑，且同飲香醪。

（八聲甘州）春深離故家。歎倦客旅邸，遊子天涯。一鞭行色，遙指剩水殘霞。牆頭嫩柳籬上花，望古樹枯藤棲暮鴉。嗟呀，偏長途觸目桑麻。呀呀，幽會聚遠沙，對彷彿禾黍，宛似蒹葭，江山如畫，無限野草閒花。旗亭小橋景最佳，見竹鎖橋邊三兩家。漁樵，弄新腔一笛堪誇。

書生去後，月梅又是怎的思念？

（醉落魄）鶯聲巧逐東風軟，綠楊庭院，杏花零落清香散。手撚花枝，寂寞倚闌干。

終於書生衣錦榮歸，老夫人不能再有推托，只得將月梅嫁給他。此時書生之喜，可於他所唱的兩支曲中見到：

（雙聲疊韻）花開早，人不老，拍拍春多少。然此宵，相見了，牋把銀釭照。掛紫袍，現勝表。姓字香，度量高，要百年契合，萬家歡笑。

（孝南枝）陽臺夢，楚岫雲，燈燃絳蠟月滿輪，香靄洞房新。花發武陵春，良宵可人。同坐同行，日親日近。你有萬種風流，我有十分俊。心上人，掌上珍。親上親，煞和順。

三、董秀英花月東牆記　存殘文八曲。大約這也是王魁的同類。董秀英和她的愛人結婚，是由所謂「姑婆」做媒的，她說：

（迎仙客）論婚嫁，笑哈哈。男有室，女有家，看明年生下小哇哇，便請姑婆喫梡禿禿茶。

結婚之時，道是怎般情況？

（喬合笙）看綠擁紅遮，正銀臺畫燭光皎潔。映桃顋杏臉人艶冶。任取玉山趄，寶香漫爇。看珠簾繡幕香味絕。舞回瑞雪，趁龍笙鳳簫聲韻徹，兩情歡悅。夫妻且喜，洞房花燭夜。偏稱孔雀屏開，玳筵羅列，金鼎噴蘭麝。

（古瓦盆兒）宜室宜家，古書內說。男效才良，女慕貞潔。永遠堅心堅意，似石似鐵，兩情歡悅。夫妻且喜，洞房花燭夜。偏稱孔雀屏開，玳筵羅列，金鼎噴蘭麝。

送入洞房，且聽聽夫妻的對話：

夫　（薄媚曲破）兩情濃，非容易，都總關前世。你溫柔，明聰慧，分明天賜佳配。

妻　須念奴身，家本簪纓之裔，告伊知，休覷奴若風塵潑妓。

夫　豈如是？卑末非同別的，頗頗知文理。略舉頭，有神祇，一天恩愛怎忘伊。兩次三回，只管推來推去，為甚的？裝盡千般風流樣勢！

妻　奴家在室，終日重門閉，怎知今日！千金廉潔身體，等閒輕棄。今晚，奴把終身付你。休要將來，忘恩負義。鸞鳳和鳴情正美，星眼矇矓閉。斂黛眉，細看伊，便似有怯雨羞雲意。奴在深閨，夫婦鴛幃滋味，尚未知。此際方曉，新婚宴爾，懷兒緊貼，手兒緊惜；舌送暗香，粉汗融，嬌聲顫，困無力。雨散雲收，金鳳釵橫雲髻。似醉裏，檀口猶然，吁吁喘息。

夫　咱甚分福，貧困間得遇多姝麗。更才貌俊美，我共伊眞一對。鄭州梨，生死相隨。若在地願連理，在天時同諧比翼。

妻　伊聽啓，奴家自欣喜，心兒間憐念伊，恰渾如掌上珠，猶難比。石爛松枯，休得三心兩意。似恁的，博得今生，團圓到底。

合　夫妻事，輻輳因緣歡會。盡如是，長記取深情密意，莫拋棄。共同往神前拜跪，設下山盟海誓。

大約董秀英翫賞長春園是她與書生相見的引子。她唱道：

（破子）教人翫賞眞不寐，上花梢夜月遲。高燒銀燭照紅粧，不管驚花夢回。

（月上海棠）宿酲未解尚沉醉。翠娥忙報，玳筵重啓。試教問取海棠花，昨宵開到第幾枝。融融暖日江山麗。春風花草，自送芳菲。長春園內景堪題，遊賞拚沈醉歸。

她與書生也曾偸期密約。她說：

（喜還京）去到書幃，見他時再三申意，休辜負暗約幽期。咱和你，暫且今宵分袂，到明日別作道理。

結果是「癡心女子負心漢」，空落得秀英相思不已：

（鍼線箱）爲薄情使人縈繫，終日把團屏悶倚。病懨懨頓覺貪春睡，一日瘦如一日。有時待重整些殘鍼指，便拈起東來却忘了西。香閨裏，悶無言空對，鍼線箱兒。

四、柳耆卿花酒翫江樓　所存殘文以寫景者爲多，較他戲爲富麗。淸平山堂話本有柳耆卿詩酒翫江樓記，可以與戲文印證者甚少。其中只有柳永所唱：

（駐馬楦）一名馬蹄花 深感皇恩，錦綬銀章爲令尹。叮嚀公吏，第一休教，賄賂容情。當官三善重廉能，于公仁政須爲本。省刑罰，薄稅斂，安百姓；家無事，國無征。

大約此時正是初上任時的諴諭，如話本所云：『保奏耆卿爲江浙路管下餘杭縣宰。』此外如：

（南枝歌）若提起，這柳七，不識此公是佶倬客。讓且調侃，是他爲第一。旣樽前席上，見伊標格。和你

有，也不見得；和你沒，也不見得。（此曲題作柳永傳奇）

雖有本事，却不知是誰說給誰的。聽話的人自然是妓女，是誰呢？主角周月仙麽？還是不重要的陳師師、趙香香、或徐冬冬呢？至於說話人，那是更無從揣測了，想來總該不是那舟子吧？話本的情節是，柳永愛妓女周月仙，月仙則戀黃員外，與柳永甚落寞。柳永囑一舟子於月仙趁其船至中途時淫之。於是柳永復開宴召月仙來，令舟子「假作客官」，亦預坐，洩其事；月仙遂從。柳永與月仙同居三年，遂別，「自回京都。」話本把柳永寫成一個小人和負心漢，這些在戲文的殘曲裏都是找不到的。又如月仙所唱：

（駐馬聽）悄悄朱扉獨倚，專等個人來至，不敢悞佳期。到香閨，爲甚連朝無信息，遂使我令人尋覓。這裏相會，依舊如魚水。

究竟是在憶念黃員外還是柳永，也不得而知。想來是憶念柳永的。又如月仙所唱：

（眞珠馬）懨懨病過春三月，坐惜芳菲愁倍切。怕被東風說，負却鶯花佳節。紅香徑，又聽那鵑啼怨血。

此曲韻與南枝歌略同。將南枝歌、駐馬聽、真珠馬三曲同看，可知戲文有柳永負心三月不來的情節。話本雖有三年任滿相別的話，却至此戛然而止；此後究竟柳永是否負心或再來，並無下文。可見戲文與話本不同，戲文所佔的時間遠較話本爲長；在情節上，也幾乎把柳永變作了王魁。話本的最後有兩句詩道：「兩下相思不相見，知他相會是何年？」下面一曲，想亦月仙憶念柳永時所唱：

（春心破）巫峽仙娥夢降時，瀟瀟曲欄外，雨淋漓，黯淡雲天欲墜低，四野暗雲迷。時聽空階聲點滴，心碎更魂飛。

下面一曲，亦爲月仙憶念柳永時所唱，緊接春心破以後：

（兩相宜）淡蕩東風收寒意，微雨過乍晴天氣，遲遲日暖江山麗，漸迤邐添明媚。草萌芽，花吐蕊，又還是豔陽佳致。年時共賞芳郊外，到今歲辜盟誓？

下面一曲，大約是翫江樓造成，柳永初次翫賞時所唱：

（古山花子）遲遲暖日江山麗，習習薰風和暢。百紫千紅，觸處都芬芳。詩朋酒侶，兩兩相呼喚，開懷宴樂在高陽。花錦亭臺，笙歌往來遞響。綠楊影裏，掩映秋千架，酒旗颺。雙雙粉蝶鬧，撲花深處，相趁遊蜂，飛來飛往，海棠花上，芳草池塘。沙暖睡鴛鴦，活脫畫圖模樣。忽聽睍睆鶯聲囀輕簧，見佳人，攜取少年郎，鎮日價同遊賞。花陰下，兩兩三三恣疎狂。天際晚，踏花歸去馬蹄香。共把新詞同唱，向花間，日日醉一場。

下面三曲則爲柳永與月仙同遊西郊時所唱：

（荼蘼香傍拍）賞西郊佳致，春來景最奇。綠水畫橋西，花梢掛酒旗。映水碧，看雙雙蝴蝶對飛，聽聲聲黃鸝巧啼，正萬紫千紅鬪美。見香車，都是少年姝麗。翠影中，紅香內，似悞入桃源洞裏。風和日暖，亭臺上笙歌鼎沸遊戲，只見柳影中，鞦韆畫板高蹴起。賞心樂事，園林好，香風羅綺。

（會河序）芳春輕寒乍暖時，滿城盡在西郊外，我每對此同遊戲。兩兩三三浮浪兒，同行桃溪過柳堤。花籃兒隨着鬧竿兒，忒跑戲。公子王孫攜歌妓，與他共入花深處。

（舞霓裳）春酒淋漓衫袖濕，沈醉歸，從教花壓帽簷低。賞良時，花前鎮日同遊戲，醉春風歡笑是便宜。看山明水秀錦屏圍，便是個人間福地，妙不就丹青畫圖裏。

以上三曲同韻，且每曲均有「遊戲」二字，故被認爲同時所唱。雍熙樂府中有夜行船一套，與上引三首亦爲同時所唱：

（夜行船）花底黃鸝，聽聲聲一似喚人遊戲。東風裏，玉勒雕鞍爭馳，佳時。日暖風和，偏稱對景，尋芳拾翠。遙指，隱隱在杏花邨，（新編南九宮詞無邨字）深處酒旗搖曳。

（本序）大成譜作晚行序迤逗，曲徑芳堤。競香塵不斷，往來大成譜作來往羅綺。亭臺上急管繁絃齊聲。大成譜作催新編南九宮詞作緊雙飛，蝶舞大成譜作遶花枝，鶯囀上林，魚遊春水。芳菲，點檢在大成譜無在字萬花中，新編南九宮詞作叢裏昨夜海棠開未？

（鬬寶蟬）堪題！綠柳陰中，見鞦韆高掛，新編南九宮詞作架綵繩飛起。是誰家仕女雙蹴，嬉戲相宜；奇花映粉題，輕風蕩繡衣。動情的，正是遊人牆外，笑聲牆裏。

（么篇）聽啓，春色三分，怕新編南九宮詞下多的是二字一分塵土，二分流水；向花前共樂，莫負良時！歌妓，低低唱小詞，雙雙舞柘枝。可人意，間竹桃花相映（新編南九宮詞作傍）小橋流水。

（錦衣香）芳草池，魚遊戲。翠柳堤，同遊戲。（新編南九宮詞作鶯聲細）我（新編南九宮詞無我字）只見士女遊人，（遊人作王孫）幕天席地。高挑一架箇鬧竿兒，深深步入杏塢桃溪。對良辰美景，想蓬萊也只如是！休把閑愁繫，且拚個沈醉；光陰迅速，人生能幾？

（漿水令）正相同隨尋芳未已，奈紅輪已墜西。海棠枝上子規啼，聲聲是他喚的却春歸。花陰下人似蟻，花藤轎兒雕鞍騎。相隨趁，相隨趁，風流隊裏，拚沈醉，拚沈醉，醉（下多倒字）扶歸。

（尾聲）今宵共約同歡會，先教從人歸去，安排辦下了筵席。

以上七曲，與前三曲頗有相同處。如荼蘼香傍拍和鬭寶蟬都詠到「鞦韆」，會河序和錦衣香都說到「桃溪」、「柳堤」和「鬧竿兒」，舞霓裳和漿水令都說到「沈醉歸」。又，荼蘼香傍拍和夜行船都說到「聲聲黃鸝」。夜行船和錦衣香也有「遊戲」字樣。

除以上四種戀愛戲文外，雍熙樂府卷十六尚有呂蒙正和汪瑞蘭各一套，想即南詞敍錄中所謂呂蒙正破窰記和蔣世隆拜月亭，一併附錄於下：

（山坡羊）月照誰家庭院，人在孤村旅店，寒窗紙隙風如箭。對聖賢，留心在簡編，詩書要遂平生願。一任譙樓更漏轉，留連，更闌尚未眠。

（水紅花）今宵相會是前緣。謾埋怨，百年姻眷，一心和你告蒼天。望週全，功名如願，早得名標金榜，平步便登仙，咱兩個永同諧也囉。

（梧葉兒）精神倦，針線懶拈。纖手去花鈿　，金釵卸，雲鬢偏。俺看着書篇，並倚着香肩暫眠。

以上是呂蒙正破窰記的殘文。

（山坡羊）翠巍巍雲山一帶，碧澄澄寒波一派，深密密園林數簇，見滴溜溜黃葉兒飄敗。一兩陣風，三五聲雁過哀，傷情對景愁無奈。回首望家鄉　，珠淚滿腮。情懷，急煎煎悶似海。覷了我這形骸，骨捱捱瘦似柴。

（水紅花）憶惜（昔）歌舞宴樓臺，會金釵，歡娛難再！思之詩酒看書齋，會多才，風光難再！母親知他何處，尊父阻隔天涯，不能勾千里故人來也囉。（皂羅袍）對景遊人堪愛，喜今朝重會共賞開懷。母親不見淚盈顋。多蒙你個秀才相躭待，雙雙廝共，兩情意諧。今生相聚，前生命該，合伊少欠風流債。

以上是蔣世隆拜月亭的殘文，當爲王瑞蘭所唱。

四 王祥臥冰

元代戲文殘曲最多的要算王祥臥冰。南九宮譜、九宮大成南北宮詞譜以及雍熙樂府中約存五十曲左右。現據曲海總目提要所引晉書等，以代說明。

王祥『字休徵，琅琊臨沂人。』他的結婚生活甚爲愉快，有他的妻子所唱的三曲爲證：

〔風入松慢〕深沈庭院度年華，詩禮傳家，日長鎮把珠簾掛。愛淸幽樂事桑麻。雅意觀書覽史，嬌容閉月羞花。

（珍珠簾）閒庭晝永慵挑繡，停鍼久，倦聽得蟬聲高柳。年少正風流，喜配合佳偶，女貌郎才眞罕有，算總是前緣輻輳，向樽前同樂鴛幃，兩情相守。

（碧玉令）朔風一夜寒多少，擁重衾捱將天曉。小玉來傳，報道柳綿飄。勉強起，懶臨鸞紅爐圍繞。

「祥性至孝，早喪親。」他唱道：

（太師引）思往事添愁悶，恨不得竭力孝情，那曉得昏定晨省，那曉得夏凊冬溫，那辦得衣衾棺槨，那曉得哀傷悲哽。應難盡竭力孝情，何曾道是，累七看緦。

（小玉醉）我非學蕩漾心，也不學兒童性。爲生身母死無踪影，因此摩神描影畫圖形，在壁間表寸心。想着懷胎親母恩德重，怎忘了繼養萱堂恩德深。學那丁蘭刻木，因此畫娘身，到做了伯魚泣杖，越添得王祥悶。

「繼母朱氏，不慈，」王祥便在親像前泣告：

（太師垂繡帶）淚淋浪，想我親遺像，望冥中聽兒訴苦腸。受盡了千般魔障，怎說得萬種悽惶。自從你身亡，我此身空自多缺掌，怎知道他苦不相諒！卻不道，無不是的父娘，做兒的，怎說得娘行劣相？

繼母雖然不慈，她的親兒王覽卻待哥哥王祥極好；「朱屢以非理使祥，覽輒與祥俱，」還勸他的母親不要把骨頭給哥哥喫：

（古皂羅袍）理合我敬哥哥，敬哥哥行孝禮，昆仲兩個忒和氣，休忘了手足的恩義。雖然和你是兩個娘生，哥哥道都是一爹養的，都是我母親的孩兒。你緣何把這骨頭來，都落在哥哥碗裏。嗏，娘也娘，你養着一鍋羹呵，緣何有兩般兒滋味？

繼母「又虐使祥妻」，祥妻說：

（薄媚令）連朝打水，弱體怎禁勞役。況値炎炎盛暑，

追思母親，無辜把奴罵詈，守家法總無怨語。

以下一曲，似爲繼母所唱；但她這樣仁慈，又不像是她的口吻，我疑心這是從別的戲文裏混入的。卽使說這曲爲祥妻所唱，待其子女與覽的子女一樣，也不合理，因爲他們的子女不佔重要地位，在其他殘文裏從來不會出現過；忽在此處出現，似嫌突兀：

（金江風）親生異生，四子嘗相等；兄情弟情，同氣心嘗省。霜信初驚，寒衣先整。曉趨庭，免使酸風，刺骨侵膚勁。重鋪絮幾停，重鋪絮幾停。密縫線幾層，處處把恩慈證。

「有丹奈結實，母命守之；」雍熙樂府中有王祥守丹奈一套，是王祥夫妻的對唱：

妻 （晝錦堂）夏日炎炎，執手話別，空幃大成譜作餘簟枕枕簟清幽。鑠石流金，酷暑惱人時候，清晝。好向河朔倘亭排宴飲，暗思昔日，和你大成譜無此二字碧筒酒。分鴛偶，今夜向草廬中孤幃，和你兩情相守。大成譜作今夜奴在孤幃君向草廬獨守（么篇）欣有，照眼葵榴。萱草弄金，沿階上，細草新抽。君往園中，須是要小心看守，担憂。倘若失落有遺失甘被受打，恐怕只愁娘意不啣嚠難分剖。分鴛偶，今夜向草廬中孤幃，和你兩情獨守。（紅林檎）凝眸，覷覷鴛鴦戲水波紋皺，雙飛鬬。應他應笑我，今宵拆散，鳳友侶鸞儔。母約束怎敢遲留？秀才你看無秀才你奈子，休得要無要字落後。則

待酒副淨 拚飲五盞三杯，和哄離愁。

祥

（醉公子）聽剖，爲母親我功名懶求。他日里，名字穩覆金甌，休憂。錦衣學取，斑衣呈舞袖。得志後，管取向新築沙堤，步入龍樓。

（么）園中看守，子成熟，早囘歸家，未能怨鳳友鸞儔。天佑，願得不合風僝雨僽。分鸞偶，今夜向草廬中孤幃，和你兩情獨守。

合

（尾聲）園中作別應不久，等一月兩旬時候，絃斷再續重修。

要守奈園，必須造屋住宿，王覽幫着他的哥哥同做：二人搶着做，眞是義氣：

祥　（博頭錢）你好不知禮，你好不度己。我主顧，緣何奪我的？

覽　他（似指祥妻）央我來這裏。

祥　閒言語瞞過誰？

覽　些兒生活請休提，相同做，兩和氣。

王祥祝告新造成的房屋道：

（野薔薇）娘憎着我，責令去看果廠。晝防鳥雀，夜防蟲鼠。託汝即苦蓋，好教人，避暑更防風雨。

誰知禍不單行，這房屋並不能保護王祥不受風雨：

（風蟬兒）造作我們最高，斧頭響得又好。造了十間房子過一宵。天明後打一瞧，骨剌剌都跌倒。

「每風雨，祥輒抱樹而泣，」他只得對天禱祝：

（禿厮兒）撮土爲香拜三光，告穹蒼，莫教驟雨狂風蕩！一園奈子若失樣，娘親打駡怎生當！

同時祥妻也非常憶念王祥：

（漁家鐙）兒夫去守奈園兒，寂寞痛苦傷悲。奴終夜獨守孤幃，眞個慘悽。孝情不敢違娘意，死無怨一件件依隨。聽得譙樓，三鼓正催。把一盞半明不滅的燈剔起，緝麻盡時各自睡。

繼母「思黃雀炙，有黃雀數十飛入其幙，復以供母，鄉里驚歎，以爲孝感所致焉。」後來繼母「有疾，……常欲生魚，時天寒冰凍，」那裏去找魚呢？繼母將此意告訴祥妻，她不得不轉告王祥道：

（蓮花賺）黃雀喫了，中意物，娘所好。尋思要鯉魚，教君即便買來到。漫自惱，河冰都凍合，料魚兒藏深杳。金珠易得，料此物應難尋討，轉縈懷抱！

王祥只得冒雪出去尋魚，唱道：

（沙塞子）紫府神仙會早，料應姑射，擊碎瓊苞。漸布滿萬山千壑，渾如膩粉妝巧，光耀。只見楊花亂滾，鵝毛飛舞，正正斜斜，競隨風來到。俄然堆滿，須臾瑤階玉砌，宛若梨花，滿地慵掃。

（么篇）向河邊打聽，有時不拘多少。是則冒寒途路遙，順父母嚴情，怎敢憚勞？但願天地保，冰消凍解，漁翁可堪垂釣。魚兒買得歸來，孃免心焦，強似遇金寶。

（沙塞子急）滿目紛紛，亂撒眞珠小。料是處河冰，凍合難消。釣叟不捕網，無魚賣後，只怕母親焦躁。禁持打罵勞神，病還增了，心下轉煩惱。

（餘音）孝切心堅天知道，衝寒拂冷走一遭，願買得魚兒眞個好。

他又去問漁夫，依舊毫無結果：

（碧牡丹）冒雪盪風去，尋鯉魚。到處都尋遍，無買處。遠觀漁父在河邊，尋問取。

（山東劉袞）朔風起，朔風起，黑暗暗凍雲垂。只見柳絮梨花，淅零零亂飛，凜凜布寒威。凍的我跌屑屑的，泥滑路難行，心急步行遲。最苦的，是冰厚三尺，沒有一個鯉魚。只慮的母親，獨倚定門兒，眼巴巴的凝望我囘，他敢焦聒聒的惡怒起。

祥弟覽聽說哥哥冒雪尋魚去了，焦急萬分，連忙出去追趕，說道。

（鐵騎兒）趕家兒，趕家兒，不見踪影，歷盡幾山林。加鞭趕上，勒馬去如雲。

（雌雄畫眉）凍雲冉冉，寒威凜凜。滴滴滴，滴滴水凍成冰。朔風起，朔風起，鵝毛兒飄滾，徧長空篩碎瓊，可憐路滑步難行。多方尋問我家兄，踏雪認不見一個踪影。使我痛切切珠淚盈盈。咱萱親從早望魚，一直到今。急急急，急急性惡發生嗔。河冰凍，河冰厚，魚兒藏隱。料想我兄，沉吟悶縈。沒沒沒，沒沒後徒爾勞神。回家內，回家內，遭娘惡性。哥，敢你這，一頓打非輕。

「祥解衣，將剖冰求之，」唱道：

（綠襴衫）冰寒怎熬，渾身上下顫篤速痲木了。冰厚三尺怎能消！王祥爲母來行孝。

王覽見了，好生不忍！且聽聽他們兄弟倆的對話：

覽　（綠襴衫）兄因甚脫衣袂，跌倒在河裏？身上冷如水，寒冰凍殺了你！

祥　買魚無見，漁翁隱藏魚，特來臥冰取。

覽　（三字令）論孝情，果無比。請起來，小兄弟情願替着你。

祥　聽說與，伊年未，肌膚怯，難當冷濕氣，寧可我當取！

覽　教我寸心碎，撲簌簌，淚雙垂！

祥　聽響聲，似轟雷。試看時，猶如震天地。

轟雷般的一聲，「冰忽自解，雙鯉躍出，持之而歸。」

「祥喪父之後，漸有時譽。朱深疾之，密使酖祥。」這使者便是乳娘。「覽知之，徑取酒。祥疑其有毒，爭而不與，朱遽奪反之。」這緊張的一幕，如下所云：

妳　（鳳凰閣序）安人轉意，念兒勞頓，送香醪特來與君。

祥　今日深感母厚情，使伊來，不知道有何原因？

妳　喜喜欣欣，把一杯美酒來斟。

覽　（舞霓裳）上告吾兄聽拜稟，說個甚！縱然好酒且休飲！

祥　爲何因？

覽　聞知此酒香奇異，況兼來歷不分明。

祥　笑你將無作有應難信，輒敢強詞奪正。

覽　忠言語，逆耳諄諄更不聽。

妳　（灞陵橋）若要我解勸時，日出在西方，落在東方去。弔桶如今，落在他井裏，早晚中了拖刀計。非是我硬心腸，學取旁州例。嗏，寧做道一不是，休做了兩家不是！

母　（鵲打兔）你忒胡遈，沒忖度，沒人情　。論家法，理合是當尊飲。齊放手，休爭競。拚一命不須閒論，互相鬬爭；把一杯美酒，傾盡無存。

後來繼母的毒計，被王覽竊聽了去，他便勸諫她：

母　（四國朝序）我親將藥酒往園兒裏，若王祥喫了即便死。可恨王覽沒見識，只得將酒傾落地。地皮裂開火光飛，險些壞了拖刀計。

覽 （么）我聽伊說起園中事，諕得人戰戰兢兢懼。機關暗密沒個知，緣何恍惚回家裏。問伊藥酒是何如？從頭說與咱詳細。

以上戲文的故實，大都根據晉書。以下推車販絹的事，便是揑造的了；正如曲海總目提要所說：「祥母命祥往海州鬻絹，為盜所擄，而覽捨身求代。此係撮撰。」妳娘藥酒毒計未遂，又挑唆繼母命他到海州去販絹，並自敍她的心事道：

（兩休休）安人的共我機謀，園中送去藥酒。推車子欲害王祥，他不死命合存留。情由，他若身亡家私有，都是我乳蔭孩兒掌管收。怕一朝死了安人，王祥報我的寃讎。

繼母聽了妳娘的話，便對王祥說：

（引軍旗）休到家，限你只今，推車子便起程。牀頭有千貫，不如每日進分文。免致令坐喫山空，做經營何須故推，休得要惱起娘性。你若忤逆不孝天不順，折罰你永沒前程。

王祥不禁嘆道：

（薔薇花）萱親不憐愛，焦聒性如火。況妳娘日夜挑唆，攛掇得我家不和。王祥竭力孝情多，甘心受折磨。

雍熙樂府中有王祥出外一齣，僅存王祥的唱句：

（山桃紅）我今日最關情處，路遠迢遙。急回首望家鄉杳也，未曾脫白，今日掛綠袍，推着輛車兒過山遙，嬌怯怯的怎生煞！路途遙，手兒又疼，腿兒又酸，脚兒又痛也，順父母的言情，教我怎憚勞！我今日路遠迢遙。大成譜文字頗有異同，併錄如次（小桃紅）最關情處無奈路遠山遙我回首望家鄉杳也未能彀脫白掛綠袍先推輛絹車兒勉力過

山凹我孀怯怯怎生熬敢苦是背兒跐手兒欹我的
脚兒蹺也咱是個王祥行孝道順母嚴情怎憚勤勞

（鬪寶蟾）都是這潑奶子，潑奶子，朝夕里暗使機謀，他把這言語去急調，唆的俺母親心焦，暗藏着把笑裏刀。他把他親兒愛惜，猶如異寶；將一個異子王祥，輕如糞草。

大戚譜云（山虎兒）皆因是潑孀婆把言語唆挑激
發我母親心焦常打駡怒不消暗裏包藏笑裏刀把
親兒愛惜如珍似寶把
繼子王祥輕如糞草

（綉停針）極目荒郊，地慘天昏雲縹緲。足律律起陣狂風，膽喪魂消。撲簌簌雨又落，明晃晃電光高，濕浸浸渾身上猶如水澆，滑漉漉滿地似油澆。

（江頭送別）軟兀剌，軟兀剌，險些兒蹌倒。行不上，行不上，悶懷多少！付能得闌闠的車兒定，平白的暗閃我一交。

（尾聲）只愁頃刻強賊到，諕的我魂飛九霄，將一個行孝的王祥，輕輕的斷送了！

果然王祥遇了強盜，強盜想將他殺了祭賽：

祥（十破四）念王祥蒙娘語，裝絹子推車前去，海州城做經紀，望將軍乞賜容恕。

盜　看這廝，乾淨身軀，那更沒多年紀。早料時牛馬三牲，同答賽取。

一邊王祥陷入了賊窩，一邊祥妻正在憶念着他：

（逍遙樂）萬里關山迴，人阻陽臺煙霞暝，鴉鳴鵲噪兩難憑。愁生眼底，恨滿天涯，水遶孤村。

（一機錦）雲雨歇，鸞鳳分，別來愁斷魂。教我暗擲金錢卜遠人，吉和凶尙未聞，眼巴巴絕了信音。空教我數歸鴻，不見書來也，我便撲簌簌淚暗傾。

（錦上花）同鴛枕，共鸞衾；生隔斷，兩離分，把恩情如鹽落井。你奶孃奸猾，搬鬬我萱親，他特故地使

着綿裏鋮，割捨把孩兒在險路上行。投入蒼山，西出
陽關，眼睜睜無了故人！

她一面歎息她的丈夫推車受苦，一面請她的小叔王寬去趕他
回來：

（福青歌）歎奴丈夫，推車受苦，因甚的流落在途
路？想中間有緣故。是奶婆挑唆着老母，這苦難告
訴。陷孩兒出路去，亡鄉失土。
（福青歌）歎你推車受苦，因甚的流落路途？想中間
有緣故。皆因是潑奶婆，挑唆老母，這苦難告訴。陷

我的兒夫出路，教他離鄉失土。望叔叔思手足，上前相救護。

（叠字錦）兀的不是，痛殺人也麼㗭。奶婆每，直恁的多奸詐，挑唆着母親，令着我夫，沿路上，推着一輛絹子車。遇草賊，應饒不過了他。謝小叔，拚命去趕他，又恐怕路途差。㗭，屈使兒夫，登山渡水，盪風冒雪，喫盡辛苦，遭刼被擄，屈死在黃泉下。兀的不是，苦殺人也麼寃家。

王覽便去尋找哥哥，願以身代，強盜也爲之感動：

盜　（冰車歌）見你每盡孝情，替死義氣深。遣三軍總思念親！

王　父母生身，乳哺懷擔勞頓。離鄉背井，再思還家奉養親。奈辭別珠淚暗傾，死裏逃生。謝得將軍憐憫，兄和弟感恩不盡，便辭別回歸鄉井。

盜　賢良略少待，祭賽畢須管待您。

王　感義深，老小家中專等。

盜　今有數兩黃金相贈，小嘍囉防護送君行。◎◎

湊巧這時僕人聞訊，也趕來想給主人王祥替死，

（水唐歌）□□人，細思之，孝義雙全人怎比，□□如李德追恩主。尋思起，我去替□□死受凌遲。也落得好名兒，留着在史書上提。

（五園花）我特來追主，幸到此相遭際，背剪入山去。他說明日要賽願，將他來殺取。情願替，奈我此身不由己。

僕人的義氣，使得強盜更加感歎：

僕（醉僥僥）衰老，悔言語踈狂顛倒。喜恩主幡然，必求諸道。

盜　難效！最喜是兄弟怡怡情無間，主僕兩相安，皆可褒。

結果自然是王祥王覽以及僕人同歸，母子、夫妻、兄弟、主僕團圓：

妻（小蓬萊）獨守閒庭深院，聽畫簷靈鵲聲喧。孤鸞隻鳳，今朝會合，重效鶼鶼。

母（園林杵歌）歎王祥，因甚敢自專，勾引我孩兒離鄉遠？

覽　因兄遭難。忙向前，勸娘休把哥哥怨。

母　大的媳婦將兒遣，教娘望得眼兒穿。

覽　妳娘何故不思善，枉將姆姆埋怨。

祥　親娘，幸安然，不必意懸懸。數兩金，百匹絹，乞收管來朝賽願。

合　答謝天，合家賀喜排筵宴。母子重相見，辦炷名香禱告天！

五 周黃兩孝子

元代戲文勸孝的很多，除了王祥臥冰外，已佚的還有閔子騫單衣記，存有殘文的，還有周孝子和黃孝子這兩種。這趨向似乎到了明朝依然存在，我們能夠在南詞叙錄裏的本朝（即明代）劇目中看到姜詩得鯉和孟宗泣竹。

周孝子就是南詞叙錄宋元舊編部分裏的教子尋親，明人的尋親記即據此戲而作。尋親記見存六十種曲中，曲海總目提要卷十四有情節述略。南九宮譜中現存周孝子殘曲四首，又教子記或教子傳奇二首，共計六首。兹借用尋親記中檃括本事的滿庭芳曲來作說明：

「文墨周生，糟糠郭氏，家道蕭然，因官役無錢使用，遭妻張郎告債。」張郎屢次催逼，周生便唱雁過聲道：

思之這一籌，朝夕爲此擔生受。我身衣口食，尚且不能勾，許多錢終不便干休。他來索錢，教我如何措手？也不會思前並算後。過却一日又添一日利，早難道明日愁來明日愁。

「張郎見色，將實契虛填，信僕奸謀，殺人性命，屈把周生陷極邊。」這時，郭氏想跟隨同去受苦，無如腹中有孕，不能行走，她唱望歌兒道：

艱難。我欲待隨伊去，又被官府牽。欲待拚死相隨，奈己身又將分娩。縱有孩兒，永不識父親之面。生不能夠相看，和你同飽暖，死不能夠魂魄和你相留戀。

「單身婦因財被逼，此際實堪憐。節婦貞堅，遺腹孩兒要保全。」她對她的嬰兒數說他父親的面貌，唱了一曲眞切動人的金甌線解醒：

言之眞可憐，兒不識親爹面。我約略儀容，說與親兒看。他身材小更短，瘦容顏。白面微鬚，一雙清秀眼。寬衣博帶，做個儒生扮。只怕流落他鄉不似前，堪憐念。孩兒不識，使母難言。

張郎想霸佔她，她就「剛刀立志，毀傷花面。」張郎之妻甚賢，唱川鮑老勸張郎道：

平山莫作虧心事，世上應無切齒人。君無子孫，休把陰騭損。人夫婦怎教兩分？夫妻斷守，誰無百夜恩？須思忖，畢竟是人心相似，休折害兒孫。（此曲題作教子記）

她親自往郭氏處探聽，見她「花容破毀」，益加欽敬。下面的二鶯兒，就是她在見了郭氏以後所唱的：

非是。我從來敬你，從來羨你，苦諫我愚夫不肯依。歸來說，你和他完聚，虛實未知，特來探取。今見你花容破毀，細思之，方信道周秀才家有這賢妻。

後來郭氏「詩書教子，書中青錢，棄官尋父，旅館相逢話昔年。歸來日，寃仇已報，夫妻子母再團圓。」於是郭氏囘憶前事，唱二犯五供養道：

兒今大魁，懊恨伊爹流落天涯。只愁你孃做他人婦，爹做死屍骸。誰想守節妻教兒成大才？背生兒尋父臨邊界。題起當年事，淚盈腮。骨肉相逢，喜却成哀。

（此曲題作教子傳奇）

詩云：『張員外爲富不仁，周維翰因妻陷身。背生兒棄官尋父，守節婦教子尋親。』

黃孝子就是南詞叙錄宋元舊編部分裏的王孝子尋母。江浙八讀「黃」和「王」每每是分不清楚的。南九宮譜現存十八曲；又有尋母記一曲，其實也就是黃孝子：故合得十九曲。關於此戲，我還不曾得到其他的參考材料，只能就殘文來加以揣測。此戲似乎可以分爲三方面，一方面敘媳之貞節，一方面敘子之孝行，一方面敘母親之受苦。關於妻子的有六曲。自從黄孝子出去尋親後，她就矢志不改嫁，父親逼她，她就投江死了。殘文如次：

女（天香滿羅袖）身處深深庭宇，鎮綺羅珠翠，簇擁香軀。悶來時閒翦菖蒲，消遣處學調鸚鵡。任烹鮮煮肥，任烹鮮煮肥，瓊漿綠醑。春園鬬草，涼亭避暑，淸秋翫月，嚴冬擁鑪：一年好景，肯空孤負？

父（一封書）黃家子已去，向天涯尋老母。家零替怎訴？把居室皆施與。去路茫茫何日返？塵世勞勞歲月徂。細思之，我差誤，須把孩兒別改圖。婚姻事，須記取，早知今日悔當初！

女（傳言玉女）萬種幽情，欲訴向誰評定？羞覩那孤形瘦影。

父（金蓮帶東甌）婚姻及時須揣度，這場事務非小可。良媒證一心要付託，豈容仍前執滯更差譌，身後事如何？

女（淸商七犯）兒生蹇，逢患難。甫三齡把姻事攀。驀忽地四海干戈，不隄防一旦離亂。心酸，尊姑被擄遭逼趕。五歲兒旣長悲潸，居室捨作僧堂，尋覓慈顏，不見母誓不回還。爲父逼要我改調更絃，奴心愧赧。論貞女肯二天？顏汗，淚斑斑，甘願與魚龍作餐。

父（二犯香羅帶）寃家主意偏，不容勸諫。花枝樣好兒成逼遣。進無門路退無緣。也，只得拚一命，喪黃泉。如今隨波逐浪魂魄遠。指望你終身養老，誰想半路輕捐。思量起俏臉兒，怎不教人可憐！

黃孝子出去尋母，大約多虧了他的嫂嫂，所以他唱仙呂宮近詞賺（南呂宮近詞賺亦收此曲，詞同，不引）和傍妝臺來感謝她：

高義惟仁，乳哺看承得到今。蒙尊嫂，提攜撫抱誰似您。爲尋親，又贈盤纏規且箴。音問長詢見素忱。到此猶成美，大恩未報，厚顏堪磣。更休攧窨，更休攧窨。

宜人恩德浩如天，已分今生欲報更無緣。既大廈相遮庇，又六事每周全。陪早常晚廝伴，活計相扶撥。光陰換，歲月遷，等閒綠鬢變華顛。

他在途中的經歷，如下面他自己所唱：

（慶時豐）日遲雲淡東風軟，泥融沙暖物華鮮。牆裏紅妝戲鞦韆，盈盈笑語揮羅扇。行程處，景正妍，桃花如火柳如煙。揚征袖，行步展，傍花隨柳過前川。

（馬鞍兒）曉鶯隔葉嬌聲囀，時聞得間啼鵑，掠波燕子如雙翦，入雕梁珠簾半捲。還過重重郵落，又行來攘攘區塵，消停飽翫頻留戀。非同向日，倉皇祖跳。陽和老，寒氣淺，鶯花如錦絮如綿 。揚征袖，行步展，傍花隨柳過前川。

（朱奴帶錦纏）明日裏輕舟便拏 ，今日裏把包裹先打。化紙焚香點炬蠟，神明事敢違時霎 。酌水獻時花，把三牲福禮，銀杯酒泛霞。願得皇天祐，好風吹送上京華。

（綿搭絮）草芳風暖正春深，只見漢寢秦陵，過驪山蒼翠森，過華山陰，雷首將臨，又見巨靈仙掌，太白豪吟。我這裏東望長安，千仞山遙日晌金。（此曲題作尋母記。）

（梧蓼弄金風）衡州府，離家鄉，途路走忙忙。忽向丹霞樓過，笑殺孟知祥。當年瓜棗拜天皇，也囉，却憶相如詞賦，子美文章。綠暗紅稀，不覺客懷增壯。

（孝順兒）家鄉遠，途路裏，孤身萬山吾命危，楊朱枉含悲，阮籍漫垂淚。思量此際，舉步難前，欲行無計。勉強撐持，陷入泥途裏。緬想萱親何處，若得相逢，不枉了驅馳狼狽。

（驟雨打新荷）推窗看，撒玉葩，彤雲滿空歧路賒。冷逼重裘，只見亂紛紛蝶翅斜，子猷舟怎駕？浩然驢怎踏？端的壓折枯槎，凍損梅花，漸覺晚來密愈灑。

他所唱的山漁燈，自敘尋親之苦，較有「本事」可尋：

二十八年在江湖上，水涉陸馳，途路飄蕩，親遭擄難覓行藏。徒然涕滂，幾時得遂兒終養，酬烏鳥寸草輝光？如今知他在那廂？乳哺劬勞空思報，役夢斷魂無計償。提將起，不由人慘傷。念冬温夏凊，誰候端詳？

他在酒樓上有自負的話，見攧破簇御林，大約在情節上，他該有中舉和做官之類的事情吧：

秦樓上，賣酒牌，邂逅相逢梁棟材　。飲一盃且自銷憂，何必兩行金釵？風雲遇時君莫駭，一朝奮發終須在。禹門開，鮫龍得雨，池沼豈沈埋？

此外，還有黃龍捧鐙月和鶯啼春色中大約是黃孝子的母親和賊寇所唱的吧：

孤苦伶仃，逢厄運方當，四海龍競。兵戈擾攘，母子分離，各自逃生。被羈囚萬里難憑　，遭擄掠一身誰拯？今忽遇降隆恩如同再生。

一言激得人怒起，不由我生嗔。你是遭驅掠被擄奴胎，怎與我動胄相親？假撇清裝聾作啞，虛禮數賣喬生分。自今爲始，朝舂暮收，敢違方寸。

現在再結上文所引，鈎稽出一個簡單的本事來。其中並添上我的揣測，以括號表明：『黃孝子幼時卽與三歲的女孩訂婚。適亂起，黃孝子的母親被擄。孝子蒙其嫂撫養成人，（及長，嫂卽以母親被擄事告之，）並贈以銀，孝子遂出門尋訪。孝子去後，其未婚妻矢志不再改嫁，其父逼之，遂投水而死。孝子徧歷衡州、華山、長安，冬去春來，凡尋母二十八載。（後孝子得官，領兵或借兵剿寇，得與母相遇，備悉母在擄中所受「朝春暮牧」之苦焉。」

據鄭振鐸的三十年來中國文學新資料發現史略所說，周羽教子尋親記和黃孝子尋親記的全本都已被發現。在這兩種戲文未流行以前，我還是保留了本節的殘文，以備他日見到原書時印證，倒也是很有趣味的。

六　江流和尙陳光蕊

江流和尙陳光蕊在沈璟的南九宮譜裏存殘文十七曲，其中一曲題作陳光蕊傳奇（金雞叫），餘均題作江流傳奇。

玆借用曲海總目提要卷三十慈悲願的本事來作爲說明情節的幫助，凡引號內者均是：

「觀音大士殞佛旨，令毗盧尊者降凡，托生陳光蕊家。光蕊名蕚，海州弘農人，妻殷氏，大將開山女。貞觀間，光蕊擢大魁，選江州州主，携家之任。」下面的齊天樂便是陳光蕊赴任別母時所唱：

榮膺丹詔瓜期逼，只得暫離京國。泛水殘英，隨風飄絮，添我離愁堆積。三年任滿，便回鄉里，淚珠偸滴。疊疊陽關，好教高唱助行色。

在望遠行一曲裏，陳光蕊是一面唱着，一面上了旅途：

名韁利鎖，歷盡程途淒楚。翠減紅銷，何日此身安妥！過了疊疊山崖，又見迢迢野渡，回首望長安日下！

陳光蕊夫婦迤邐行去，到了江邊，看見一隻小船，又唱起拗芝蔴來：

崎嶇去路賒，見疊疊幾簇人煙風景佳。遣人停住馬。

扁舟一葉，丹青圖畫，一抹翠雲挂，遠霧罩汀沙。覷白鳥數行飛，見人來也，驚起入蘆花。小舟釣叟，收綸入浦。弄笛相和，動人萬般凄楚，離情怎槃！偶覩前邨，水繞人家，畫橋風颭酒旗斜。好買三杯，消遣倦乏。西山日漸沈，此際端不可。暑氣炎，宜趲步，早去尋安下。樵叟閉柴門，牧童歸草舍。古寺鐘敲數聲，野水無人渡。（雍熙樂府以此曲誤入古西廂，並附尾聲云：『綠楊影裏新月挂，孤邨酒館兩三家，借宿今宵一覺呵。』）

後來他就『雇劉洪舟。洪素兇惡，慣於水面行刼，覘殷美麗，刃其僕，縛光蕊投江中。』這一個危急的場面，現存有纔枝花和賀新郎衮：

光蕊　告壯士聽拜啓，念我是儒生輩。要財寶都拿去。望周全歸人世。

劉洪　好笑你無道理，把我同兒戲！若要我周全你，只饒你個血流體。

殷氏　這賊漢全無些道理，殺害我一家使婢。若把我男兒害取，我情願先投下水！

劉洪　休恁地，只爲你，只爲你龐兒俊美！

光蕊　（衰）這賊漢謀心恁地，把我妻輒欲騙取。只慮你懷胎在體，更兼我孃行老矣。

殷氏　休怨憶，莫怨誰，禍到臨頭怎避！

『初，光蕊曾買一金色鯉魚放生。鯉魚，龍神子也。神知光蕊厄，拯入龍宮，俟復仇時送歸人世。洪欲犯殷氏，拒以懷孕。』大約此後劉洪便冒名頂替了陳光蕊去上任了吧？他大開宴會，以賀新除，並唱柳梢青道：

今日試展開旛，看來煞富貴。正新除，政事廉能，黎民總喜。今日在畫堂深處，賤累得蒙望周庇。廣設華筵，暢飲高歌，大拚沈醉。

他想喊殷氏來同樂。殷氏忍辱順從，只爲腹中有孕，想他日生子以報夫仇；哪裏有心飲宴？所以她唱女冠子道：

寃家今日開芳宴，這苦事怎生言！畫堂中只管頻呼喚，不知道我心中怨。

一面劉洪正在這裏作樂，一面陳光蕊的母親，還以爲兒子已經到任，怪他忘恩負義，不來接他，不知道她的兒子早已做了江中之鬼。她唱金雞叫和醉扶歸憶念她的兒子：

忍凍擔饑餒，鎮日間淚流如雨。恨我孩兒陳光蕊，撇下親孃，自去享榮貴。

望得望得肝腸斷，哭得哭得淚珠乾。你去爲官已開旛，怎不把你親孃管。常言道，「子孝母心寬，」也不壞了我秋波眼！

一面母親在憶念兒子，一面妻子也在憶念她那被投江中的丈夫，也唱醉羅袍和香歸羅袖：

畫樓獨倚鐙挑盡，香衾半擁夢難成！暗想當年締姻親，玉貌多風韻。塵蒙鸞鏡，也只爲君；寒生鴛枕，也只爲君：離愁萬種千般恨。

金爐香冷，銀釭鐙燼，離人怕到黃昏，又早黃昏光景。怨孤眠鳳幃，愁欹鴛枕。我欲圖一覺，捱他寒更，陽臺爭奈夢難成。今有相思分，心歸門裏，放秋上心，問道思量甚，我便只思量着那個人！（雍熙樂府卷十六金落索愁悶有此曲，前有金落索，後有月中花，敍的是生離，不是死別；那末此曲應該不是江流記裏的了。）

所謂「獨倚」和「孤眠」都表示正在懷孕期間，「洪欲犯殷氏，拒以懷孕。」兩曲均言「夢難成」，明光蕊已死，只能在夢中相會。所謂「暗」，表示不能「明」，因在賊人手中也。或謂此兩曲應在開端光蕊赴科舉時，妻在家中念之。不知光蕊是在中舉後纔娶殷氏，隨即一同上任，其間並不曾有過離別，故仍以放在此處爲是。倒是母親所唱的阮郎歸是應該放在開端的：

孩兒去，求科舉，到如今兀自個無消息。遣孃懸望，
倚定柴門無蹤跡。只怕你戀酒貪花　，頓忘却親闈甘

旨。悶得我冷清清，悶懨懨，撲簌簌，淚雙垂。何日

挂，錦衣歸？

「及分娩，生一子，」殷氏唱轉山子：

夢叶麒麟應佳兆，又添我無聊。纔離了十月懷胎，又

恐惹一場煩惱。戰兢兢度日，算吉凶難保！

她的猜想果然證實了。她所生的兒子「貌甚岐嶷，洪欲害

之。」她和劉洪吵了起來。這把僕人嚇壞了，他唱癡冤家：

猛可裏聽得鬧炒，老漢大胆來到。只見相公吁氣心下

焦，夫人在那廂煩惱。無倚靠，如何是好！難說盡他

這般圈套！
劉洪拔出刀來要殺，殷氏唱紅芍藥：
負屈與銜冤，蒼天也知道。閃的我撲撲簌簌淚痕交。尋思痛苦咽倒，算來算來此事難恕饒，拔刀出斷不入鞘。你如今一心待殺小兒曹，拚得個人怨也聲高。
她只得求她兒子一個全屍，『刺血書生年月日及父母姓名，嚙其足小指，盛木匣中，浮之江。金山寺僧丹霞，（西遊記曰法明）有道僧也。伽藍命霞撈救，遂撫育之。殷屢覓自盡，洪不敢犯。丹霞所取光蕊子名曰江流，稍長，取法名元奘。年十八，告以父母名，出血書以示，令踪跡其母。奘大痛，遂沿江行脚。賊洪恚殷氏逆己，折磨備至。嘗令汲水江邊，適遇奘，覩其貌，肖己夫。訊出家始末，奘出血書，殷乃認其子，相抱痛哭，令奘毋泄漏，速詣外祖殷開山訴冤，勿使賊遁。」此時賊年已老，似有悔過之意，他唱浪淘沙道：

烏兔走如飛，寒暑相催，浮生能有幾閒時！綠鬢朱顏應不再，悟今是昨非！

「奘赴長安，謁開山，開山遂擒賊。」因爲此時賊已失去抵抗的能力，看他所唱惜奴嬌便知：

老子凄涼，歎門楣猶不在。病懨懨愁腸似海。事到頭來，且宜寬解。無奈，怎捱得形衰力敗！

開山「斬其首以祭光蕊，而龍神已知，送光蕊出，僵臥江畔。殷見，撈起，復蘇，端然無恙。」於是一家團圓，陳光蕊唱耍鮑老道：

憶昔銜冤並負屈，豈想道重歡會！姦雄空使牢籠計，瞞不過鬼神知。那時若沒神龍救，怎能勾有今日！若還不遇遷安的，也葬在魚腹內。看來罕希，恰似柳毅親遞書，猶如豫章逢故知。把芙蓉帳，孔雀屏，重拂拭。菱花再合月再輝，鸞膠再續絃重理，論緣分非容易！

「開山奏其事，唐太宗嘉奘篤孝，且有道行，賜經、論、律各一藏，號三藏法師，令詣西印度取大藏經典，公卿祖餞。師以松枝植寺中。公卿曰：「松無根，焉得活乎？」師偈曰：「無根要有根，有相若無相。我若取經回，松枝柱東向。」遂長往，後去十四年。據聖教序云：「取經回，其松枝果東向」云。」

七　僅存三五曲的元代戲文

南九宮譜和九宮大成南北宮詞譜裏有六種戲文僅存三曲至五曲。這六種戲文中，爲南詞叙錄所著錄者有五種，即：劉盼盼、劉文龍菱花記、唐伯亨八不知音、朱文太平錢以及裴少俊牆頭馬上。爲宦門子弟傳奇所引者有「崔護覓水」一種。

現在把六種殘文都錄在下面：

一、劉盼盼　殘文存四曲。大約劉盼盼誤落平康，受鴇母毒打，只得接待客人，遇見一位公子，兩下有了情意。而這公子家中却是有妻子的。下面四曲，首二曲爲劉盼盼所唱，後一曲爲公子所唱，最後一曲爲公子之妻所唱：

（鬭牌嵌寶蟾）車馬逞疎狂，無個有情郎。家緣雖足備，不幸落平康。送舊與迎新，怎當？空教奴消減容光。在這星前月下，深深拜告，早早還鄉。

（憶花兒）珠淚滴，雨淚滴，爹孃打罵是怎的？自恨我生前作何罪，致使今朝遭遇伊。嗏，勤勞一旦成虛費。

（劍器令）咱每論丰標，看過了多多少少，還玉容都強別個，果然一見魂消。

（金風曲）花衢柳陌，恨他去胡沾惹。秦樓謝館，恨他去閒遊冶。獨立在簾兒下，教我眼巴巴。只見風透窗紗，月上荼蘼架。朝朝等待他，朝朝等待他。日日盼望他，望不見如何價。

二、劉文龍菱花記　我疑心此戲即分鏡記，曲中有云：「解元莫忘奴表記時，」大約這表記就是妻子所送的菱花鏡了。惟無確據，姑且使牠們仍各自獨立。殘文存五曲，前四曲敘劉文龍別父母妻子，上京赴考，最後一曲敘劉文龍赴考後，他的妻子的憶念：

妻　（兩蝴蝶）爹爹贈與你金共珠，媽媽與你布袴兒，急急往長安去。做官時，阿孃也慚愧！願得狀元郎及第歸，解元莫忘奴表記時。

父　（賽紅孃）我兒離家去，求顯跡，爹爹贈與盤纏費，金共珠。去時休得戀歌妓，忘故里。

劉　文龍焉敢戀歌妓，忘故里。

（元卜算）文龍拜別登歧，爹媽休得過慮。孝順公婆老，成名天下知，焉敢頓忘伊。

（桃紅菊）往長安三千里路餘，免不得登山涉水。望神京杳如天際，唱名了即時寄書。

妻（杜韋孃）終朝沒情緒，眉黛儘斂愁如織。怕楚館秦樓迷戀在，尙未有歸來消息。憶當初鳳帳鸞幃，漫得三宵，怎得輕離拆。一番思，淚眼但搵透鮫綃數尺。

從上面父親的叮囑，「休得戀歌妓」和妻的揣測，「怕秦樓楚館迷戀在」這兩句看來，或許劉文龍後來竟有戀妓之事亦未可知；然則此戲該是張協、王魁和趙貞女的同類了。

三、唐伯亨八不知音　存殘文四曲。據曲錄云，此戲非犀合記。按，犀合一名，見鬱藍生曲品，僅云「古人傳奇」，未言何人所作。從殘文裏，略可看出一段旅邸驚艷的情節，似均爲唐伯亨所唱。惟金娥神曲中有「纖手」一語，似專用於女子；惟女子乘馬，古又少見，姑誌此以存疑。殘文如下：

（金娥神曲）黯淡天昏欲暮，呵纖手勒馬長途。囘思舊日，馬上不記扶。誰識在旅邸，有許多辛苦。

（步步嬌）爲半紙功名把靑春誤，好景成孤負，攜琴往帝都。只見幾朵紅梅，半拆微露。不見老林逋，惟有清香吐。

（雁過聲）赤帝當權耀太虛，半點南來薰風意。任吞冰嚼雪成何濟？扇頻揮汗如珠，空持損玉骨冰肌。我移身傍翠微，使兒童撼竹求風至，煩暑也得釋片時。

（風淘沙）閒倚雕闌日漸西，看鴛鴦戲漣漪。不覺夜涼生衣袂，見萍開月破水。金波影轉，翠荷叢裏。臉籠霞還妖嬈，並頭蓮蒂。芳心可惜不解語，爲誰人怎凝竚。

四、朱文太平錢　存殘文四曲。明人有太平錢，詠張果老娶少女事，與此無關。此戲永樂大典題作朱文鬼贈太平錢，散曲南呂宮黃鍾賺亦云：「昔有朱文，太平錢鬼爲締姻。」下面四曲，第一曲是朱文初遇女鬼時詠所見，第二曲是女鬼拿太平錢來贈給朱文，第三曲似是朱文從鬼境出，故覺「青山皆非舊」，第四曲則是普通的歎世曲，似亦朱文所唱：

（梧桐樹）飄殘柳樹綿，落盡梨花片。巧手天工，剪破銀河練。餐氈勁節人爭羨，詠絮高才思欲仙。壓倒寒枝，拂拂清香遠，逍遙宛在瓊宮殿。

（杵歌）繡篋兒繡牡丹，是奴親鍼線。平日珍藏，十分愛憐。逢君後，更無物表奴心堅。中間有百個太平錢，一齊都贈賢。

（小措大）草枯野曠，古城黯黯雲浮。曲徑淺堤，迴繞寒流。頃刻裏：望青山皆非舊。衝寒杖取樽酒。短笻杖，攜來還退後。筋力休，自揣浮生如浪漚。棹山陰偶來訪戴，休教跨鶴揚州。

（棹歌望鄉）矮茅簷不礙蟾輝，短顆垣倩將雲砌。度朝昏不寒不餓，少風波無愁無慮。笑殺那戀高官，圖金穴，恃雄威。有日裏江心船漏難迴避。千年調，成逝水，須覷破排場戲。

五、裴少俊牆頭馬上　存殘文三曲。元曲亦有此劇，爲白仁甫作。從下面三曲的情節看來，似較雜劇爲繁瑣；因爲第三曲有途中的描寫，而雜劇則無之：

（水仙子）閒步入，名園裏，遣心事與誰同語？長記去年今日，病懨懨的，休對百紫千紅破蕊。舉目忽覷牆陰裏，滿枝頭上，青青梅子垂。羣芳內，獨占得先結果，偏我未諧連理。

（紅衫兒）獨步房幃。人隻影先自孤悽。奈眼前闕合，這般事際。報道君往墳頭，割捨去離。教我聽得這消息，心下千愁頓積。

（淘金令）恩情到頭，我也不由己；因緣契合，我也不由己。離了家鄉，共諧連理。怎料彎弓襪小，步細行遲，香羅暗拭珠淚垂。如今去也，萬徑千歧。未卜何時，到得家裏！

以上三曲均爲女主角所唱。

六、崔護　存殘文四曲。也許這戲很短吧？現存的四曲都是覓水這一節的事情。唐孟棨本事詩中也有崔護故事。茲將這四曲按照先後排列如下：

女　（海棠賺）聽得娘行，叫奴家有何事？問因依。這個官人是誰氏，我娘行，緣何的都在門兒？

母　只爲這官人，酒渴扣門覓水。聽我叮嚀，新吸涼漿請些個。

女　謹領娘旨，謹領娘旨。

崔　（海棠賺）君家款曲行軒，且從容耐煩取。

女　驀相逢，便肯留心恁如是，莫嫌遲。清泉水滿泛金杯。親勸取官人，略略表奴眞意。

崔　足見相憐，自愧勞煩甚無謂。盞兒收去，盞兒收去。

（川豆葉）果然是春醒頃刻都退。荷親勸涼漿，多少恩意。君子之交，正當恁的。

女　涼水大都一盃，算將來何足掛齒？

崔　是則是物輕人意美。

（沈醉海棠）謝得我孃行賜水　，心兒裏萬千歡喜。

女　相如病想已都除，意不誠望君休罪。

崔　眞奇美，便做玉液瓊漿，也只如是。

此戲是說崔護先見女母，後來纔見女，故女云：『聽得娘行，叫奴家有何事？問因依。這個官人是誰氏，我娘行，緣何的都在門兒。』此與本事詩不同。本事詩云：『博陵崔護，姿質甚美。而孤潔寡合，舉進士下第。淸明日獨遊都城南，得居人莊。一畝之宮，而花木叢萃，寂若無人。扣門久之，有女子自門隙窺之，問曰：「誰耶？」以姓字對。曰：「尋春獨行，酒渴求飲。」女入以杯水至。」南九宮譜另有覓水記，則與本事詩同，與崔護傳奇異，因爲殘文一曲也說的是崔護直接與該女相遇，其間並無母親的呼喚與叮囑：『（養花天）（崔）賞芳菲，爲酒渴無聊，故來覓水。値莊門閉，彈指更彈指。（女）正拈鍼線深閨裏，誰敲朱扉？待開取，未審何人到此。』這個故事成爲後來戲劇的極好題材，如人面桃花、題門記、登樓記、桃花記等均是。元人雜劇也有白仁甫和尙仲賢的崔護謁漿。其重心則在於崔護二度訪女所作的七絕一首：『去年今日此門中，人面桃花相映紅。人面祇今何處去，桃花依舊笑春風。」後數日，崔護又去尋訪，聞其中有哭聲，有老父出，告以其女因見詩而病，絕食數日而死。崔護入，舉屍哭而祝曰：「某在斯，某在斯。」於是該女復活，團圓大吉。

八　僅存兩曲的元代戲文

南九宮譜和九宮大成南北宮詞譜裏有些戲文，僅存兩曲。見於著錄者凡六種：其中著錄於南詞敍錄者五種，即司馬相如題橋記、孟姜女送寒衣、薛雲卿鬼做媒、張資鴛鴦燈以及生死夫妻；著錄於永樂大典者一種，即鄭孔目風雪酷寒亭。今一一抄在下面：

一、司馬相如題橋記　這故事似爲戲劇所獨有，漢書中並無「題橋」的傳說。惟殘文所云，也只是聽琴私奔而已：

卓　（木蘭花）歎孀居繡閣間，聽琴聲韻美，徐步囘廊。驀然牽惹情意起，特來扣戶，皓月東牆。

司　悶挑燈把琴自理，試彈絃弄曲，一操求凰。前緣分福得會面，天教配偶，美女才郎。（三臺令）撫琴韻切能牽惹，聽琴聲使娘行動情。

卓　款曲偷身步月行，遂扣向書齋求訊。與君結取鸞鳳侶，辦至誠同坐同行。願永諧百歲琴瑟，似同心共綰並根。

「聽琴聲使娘行動情」似是第三者的口吻，難道這竟是南曲的諸宮調麼？元關漢卿屈子敬及無名氏均有這故事的雜劇。

二、孟姜女送寒衣　金院本打略拴搐類有孟姜女一本；見輟耕錄，元鄭廷玉有雜劇孟姜女送寒衣一本，見錄鬼簿；佚文均無存者。戲文所存佚文如下：

（划鍬令）咱每本是簪纓裔，官差來此苦寒地。儒身掛荷衣，勉隨隊裏。河堤運泥，築城萬里。大家努力，唱個划鍬令兒。

（烏夜啼）懊恨孤貧命！圖一子晚景温存。可憐不遂平生願，到如今母子兩離分，第一曲爲築城者所合唱，第二曲爲范喜良之母所唱。第二曲既收於大石慢詞，又收於南呂慢詞。據錢南揚南曲譜及民衆藝術中之孟姜女說：『本來慢詞性質與引子相同，塡詞者皆可不據宮調，隨意用之，惟作譜者不能不分別門類耳。』同人的南曲譜一詞兩見之理由云：「南曲譜一詞兩見，頃又得一例。黃孝子傳奇仙呂近詞與南呂近詞同引賺「高義惟仁……」一詞是也。總觀南曲譜一詞兩見，只有此與前孟姜女傳奇之烏夜啼二曲耳。又此兩見於仙呂，南呂二宮，與前兩見於南呂宮、大石宮，宮調雖異，然此三者，以笛色論，同屬小宮調或尺調，故可通借。此亦一詞兩見之一理由也。」

三、薛雲卿鬼做媒　佚文兩曲是問答對白體，一個是張文桂，另一個不知是否做媒的薛雲卿。姑以「生」字代張文桂，「外」字代張文桂所請求的布施者：

生　（得勝序）聽文桂拜啓。住西京城市裏，要遊賞東京景致。文桂便辦些金珠，行李囊篋已備。

外　一身爲何襤褸？

生　將近帝里，強人攔住，盡皆刼去，以此飄蓬在旅邸。忽遇風雪亂起，聞貴地行布施，特來告求周濟。時乖運蹇，到此喫盡禁持。

外　你家中祖父，原是姓甚名誰？

生　（前腔）積代姓張氏，念家父生居帝里，開米市名滿街市，是大桶員外孩兒。

外　方知仔細。英俊甚般年紀？

生　卑人賤齒，二十一歲。

外　少年之輩，骨格精神更美，那更言談可喜。留在此作區處。

生　周全此身非容易。深深拜跪，是父母今生重遇；

銜環結草，報答何時！

從曲文看來，「外」問「生」問得這樣詳細，甚至問到他的祖父；或許「外」竟是「生」的祖父之友吧？而他也許已經死了，他的孫女尚存，說不定他就是薛雲卿，把他的孫女嫁給張文桂的。

四、張賫鴛鴦燈　佚文云：

（春色滿皇州）告郎略聽啓。想前生，綵線雙雙曾繫。今世裏，依舊共諧于飛。幾年家路阻桃蹊，誰想道僧房重會！因緣到此，天爲比翼，地做連理。

（翫仙燈）元夕風光，看車馬往來相亞。御街前笙歌韻雅。見這迓鼓喧來，盡般般呈罷。欲賞花燈，想乾明相將近也！

第一曲裏的「郎」當是張資，第二曲「賞花燈」其中大約有鴛鴦燈。

五、生死夫妻　佚文如下：

（船入荷花蓮）風物依然傳荊楚，汨羅事至今遺俗。隨赴花衢，遥登華宇，同樂醉鄉深處。聞得賢兄相招取，慶重午共成歡聚。巧梳妝，步金蓮，來到畫堂深處。

（雙金令）山門寄跡，也出不得已；乞食奉親，也出不得已。齋糧化幾盂，濟他寒與餓。想着投巖，拚死節義。幸然當日神助，救拔自己。爹娘舅姑得所歸。蝴蝶每單飛，鴛鴦君獨棲。死便爲期，心不成灰，荒村冷落無怨悔。

六、鄭孔目風雪酷寒亭　元楊顯之也有同名的雜劇，略云：鄭孔目救了殺人犯宋彬。又值蕭娥乞告從良，他便住在她的家裏。蕭娥與鄭孔目同歸，氣死了妻子。蕭娥便做了繼室。孔目去後，蕭娥有了奸夫，並虐待前妻二孩。孔目聞知此事，急速趕回。集鶯花似卽此時所唱：

閒花野草列畫屏，映潑黛山青，負薪樵父回山徑。愁懷轉增，旅情倍增，子規聲裏添歸興。路上看花並有酒，一程並作兩程行。

孔目殺了蕭娥，被刺配沙門島，後爲宋彬所救。瑣窗寒不知爲何時所唱：

前回入馬歡娛，效鶼鶼諧比目，一雙兩好，世間眞無。鴛幃繡閣，不離一步，誰知有這般情苦！此行須是早囘歸，共樂百歲夫婦。

此外，南九宮譜裏僅存兩曲的戲文，而南詞敍錄、永樂大典等書中均不見著錄者，凡四種，不知是否元代戲文。謹抄錄如下：

一、風流合（白練序）花磨月恨，每日償他債未盡，直教我相思爲伊成病。愁凝兩翠顰，空有韓香滿繡裀。人何在，羅幃裏怎捱得這般孤另？銀瓶已墮井，釵股斷金。也無心對煙消獸鑪香燼，窺人月自明。奈一夜相思一夜深。他還記，佳期每約在夜闌人靜。

（搗白練）鳳侶分，難重整，對良宵冷落怎禁。況這般深院，這般秋暮，甚般情與！

二、盜紅綃（長生道引）「風光」最「美」，「畫堂」內逢「多麗」。無計「訴衷情」，漫「惜分飛」。兩「意難忘」情如醉。「花心動」也，共「效于飛」，共伊同跨彩鸞歸。

（山麻稭）朱門半掩。正夏日炎威，南薰庭院。艾虎神符，向朱門高懸。瞥見，畫簾如語，呢喃雙雙飛燕。海榴如火，錦葵傾日，高柳鳴蟬。堪戀，景物宛然。盡彩絲百索，合歡交纏。聒耳笙簧，聽鼉鼓喧天，鬧鬧。錦標高揭，兩兩龍舟如箭。果然一見，素濤拍岸，雪浪翻天。聽言，艾葉垂烏雲髻，釵插神符，映綠鬢雲鬟。照水芙蕖，似紅妝三千，依然。畫堂深處，安排筵宴。美人雪藕，翠眉度曲，沈醉花前。

三、燕子樓（漁家鐙）奈何未得著邊際，中途裏響折缾沈，緣慳分虧。坐裏行裏沒情緒，見時難別時却容易。只得辦堅心守己，神前願如何敢負虧？

（宮娥泣）記年時，歡笑相逢在花徑裏。醉春風攜手，一步也不廝離。晚夕歸，前後擁花籃鬧竿兒，花轎兒。奴奴陣馬相隨。海棠院宇，更低聲問燕子歸來未。兩情眞個美滿，相看過似捧璧擎珠。自來舉止孜孜地，那更好模好樣，一捻兒腰肢。這風流全在嬌波轉，顧盼滴溜兒，教人怎不拌死在花枝裏，朝雲暮雨。正是落花有意隨流水，兩情眞箇美滿，相看過似捧璧擎珠。

四、復落倡 （二犯二郎神）朱顏去了不再還，怕雪鬢霜鬟。這個門庭難自揀，陷此身重爲花旦。早知道如今遭患難，悔當初行程太晚。漫凝盼，空自對月臨風，短吁長歎！

（鶯啼序）雲羞雨澀緣分慳，恨歷盡艱難，這門庭那得安閒，到頭總有包彈。從古道煙花聚散，誰願把家私積攢。凝淚眼，日夜長吁短歎！

以上四種，盜紅綃當然是源於唐人傳奇。燕子樓另有元侯克中雜劇關盼盼春風燕子樓。復落倡另有明朱有燉雜劇宣平巷劉金兒復落倡。

九　僅存一曲的元代戲文

見於南詞叙錄，僅有佚文一曲存於南九宮譜者，約如下列：

一、朱買臣休妻記　（木了牙）步入寒林數里，嵐陰杳靄，蒼屏翠碧，森森見古木雲齊。聽觸石潺潺響澗水，只見辭柯風慘慽，遙望那歸鴉接翅飛。一樹孤松，正傷情緒。聽啁唳聲聲猿又啼。

二、趙普進梅諫　（蠻牌令）得遇艷陽時，妝點在鬢雲垂。一從春去了，寂寞在疎籬。空長得冰肌素姿，何時到金屋鴛幃？雖闌畔，曲檻西。漫嗟繁杏，空傲荼蘼。

三、詐呢子鶯燕爭春　（金絡索）春來麗日長，漸覺和風蕩。猶記臨行，爛漫桃花放。倏忽柳絮飛，過炎光，金井梧飄漸積涼。相將半載分離去，怎地音信全無紙半張。傷情處，嘹嘹嚦嚦雁兒過南廂。聽一聲聲叫得淒涼，愁鎖在眉尖上。

四、林招得三負心　（金犯令）一心告天，願我無疾恙；一心告神，願我無災障。暗想花陰，遇着才郎。爲他身貧家窘，贈與資裝。誰知到今成禍殃。虔誠拜三光，虔誠祝上蒼。表我眞心，訴我衷腸，瞻星望月一炷香。

五、寃家債主（石榴花）朔風凜凜，旅館有誰親？不如暫回鄉故守清貧。問天何故困儒人。奈衣單食缺，有口恥難陳。想先賢也曾受苦辛，料儒冠豈誤咱英俊！男兒漢，氣衝霄，志凌雲，只知憂道不憂貧。

六、寶粧亭（沙雁揀南枝）想當初共佳期，似鸞交效于飛。當初對酒同宴逸，觀花翫月成歡會。樂極果然生悲憶。愁似織，還自釋。淚揩乾，又偸滴。

七、劉孝女金釵記（五團花）我心中慘悽，不由人珠淚垂。尋思使我無依倚，我便孤身匹配。父親和妹妹，幾時得見你？除非是再生重會日，此事非容易。

見於散曲刷子序集古傳奇名的也有兩種是在南九宮譜裏存有雙曲的：

八、韓壽（大齋郎）試官來，選場開，三年大比用英才。有錢教你爲官宦，無錢依舊守書齋。（姚華菉猗室曲話以此與王煥、王魁、陳巡檢並列，似認此爲宋人所作。）

九、李勉（漁家傲）卑人在館下多年恩愛深。自從那日遊春，逢着那人，共他離了家鄉去，做撲花行徑。在閬州同作家筵，受千苦萬辛。與卑人生兩個孩兒，看看長成，教他別取個頭條嫁個人。

此外，不見引證，僅有殘曲一支存於南九宮譜者，還有以下八種。不知是否元代戲文，姑錄於此：

一〇、風月亭（河傳）銀河耿耿，亞朱扉半掩，更闌人靜。紅杏翠闌，行至梧桐金井。風淅淅，月團團，露華冷。

一一、一夜鬧（桂枝香）停杯注目。正秋高夜凝，寒氣肅肅。虹散雲收，霧斂遠山鳴瀑。玉律酉中回南呂，見征鴻數點相逐。好風時送，輕舟浪穩，片帆高矗。

一二、呂星哥（長生道引）暑雨收晴，荷花初綻芳蕊。媚臉香肌，悄然如洗，凌波步出仙侶。窈窕艷妝，輕盈綠蓋，見鴛鴦戲漣漪，成雙成對。蓮歌偶然驚散伊，雙飛去又還飛至。不如對此花前，共吟佳句，翫賞歸來庭院好得意。

一三、同庚會（紅繡鞋）宋玉爲甚相知，相知，問他因甚傷悲，傷悲。可笑他，全不解秋意。雖然是，暮秋時，菊殘猶有傲霜枝。

一四、瓊花女　（紅繡鞋）畫堂羅列華筵，華筵。蓬萊閬苑仙眷，仙眷。鳳棲竹　鹿銜花；松駕鶴，滿亭軒。一齊共樂同歡宴，一齊共樂同歡宴。

一五、韓三箏　（繡太平）東風扇花紅柳綠，流鶯對語如簧。遊蜂粉蝶雙飛，觸目對景恓惶。堪傷，聲聲杜宇怨春忙，轉敎我悶懷難放。自從分散，在花前共誰淺斟低唱？

一六、錦機亭　（霜蕉葉）花牋寫了，不見紅媒到。獨立花陰信杳，望陽台那堪路遙！

一七、琵琶怨　（黑麻序）習習東風，賣花聲吹入，小小簾櫳。被流鶯喚起，綠窗幽夢。煙籠，萋萋芳草茸，蒼苔襯亂紅，錦機空。爲這東君昨夜，橫雨狂風。堪痛，蝶困鶯慵。見銜泥燕子，戲繞華棟；看鞦韆綵索，牆外低控。簾櫳，日高花影重，鵑啼翠霧中。

在上引的八種裏，風月亭與清平山堂話本裏的風月瑞仙亭不知是否題材相同；雜劇中有明湯式的風月瑞仙亭，又有明楊景言的風月海棠亭。又琵琶怨亦有雜劇，藍采和中曾題起過『張忠澤玉女琵琶怨』，想係指元庾天錫的玉女琵琶怨。

見於永樂大典戲文八（卷一三九七二）的，還有金鼠錄貓李寶一種，九宮大成南北詞宮譜亦載有殘曲一支，惟僅前半；南九宮譜所載是全的，後有換頭：

一八、李寶（孝順歌）一聞道，辦去程，愁腸九回百慮生。和伊在雲屏，和伊在芳徑，和伊共飲。怎忍一時，鸞鳳分影？淚珠偸彈，春衫盡是啼痕！（換頭）我今日去也，今日離此行！非是我忘恩，非是有別情，非敢負心。要赴桃源，新除一任。怎別家鄉，一心爲着功名。

見於南詞敍錄，僅有佚文一曲存於九宮大成南北宮詞譜者，有下列一種：

一九、何推官錯勘屍（麻婆子）太守我自爲婚主，花紅有也無；吏典你去爲媒妁，喜筵不用鋪。佳人才子兩歡娛，百年偕老成夫婦。待等異日春雷動，看取化龍魚。

據鈕少雅考訂牡丹亭，還引有錦香囊，也是元代戲文，南九宮譜裏也存有一曲：

二〇、錦香囊（湘浦雲）倍覺傷春，繞畫闌十二獨憑徧。紅粉嬾勻，烏雲無心綰。蝶雙雙，舞翩翩，可煞奴偏教沒方沒便，良宵夢遠。寸心千里，覺來腸斷九轉。無言，寶鴨無奈，萬叠千縷愁如繭。蟾窗抱影，鴛衾獨自一個和誰展？意懸懸，淚漣漣，待甚日重逢潘郎一面？相思病染，望窮湘浦，雲煙春水隔斷。

雍熙樂府有香遍滿閨思一套，中有句云：「做一個香囊兒緊收，」此套不知是否錦香囊的佚文，姑誌於此以存疑。